想入非非

钱莊

著

小闽｜插画

脑洞大开的9个创意写作实验

ZHEJIANG UNIVERSITY PRESS
浙江大学出版社

写作，一场想入非非的创意之旅

钱莊

这是一个泛写作的年代。

从微博到微信，从刚学会写字的孩童，到戴着花镜的耄耋老者……网络平台所提供的自由发表空间，不仅瞬间让亿万普通人充分满足了潜在的超强表达欲，同时更刺激了他们巨大的写作热情。印刷体的文字不再那么神秘和神圣，写作也不再只是属于作家学者的事——此情此景，正好可套用几句古诗来形容："忽如一夜春风来，千树万树梨花开"；"旧时王谢堂前燕，飞入寻常百姓家"。

于是，心灵鸡汤、情感记述、世象八卦……浩瀚的文字江河泥沙俱下，其中虽不乏睿智精粹的闪光之点，但大多成了退潮后堆积在滩头的无数垃圾。

怎么办？泛写作年代的文字泛滥对这一代，甚至后代都会成为另一种人祸，而职业的，或非职业的但已被称为作家的文字工作者们，今天又该如何思考、应对与实践？

好的文字、好的写作、好的作品，应该是吸引人的，写作者给予读者智慧与启发的，是具有精神价值的"体验性商品"（马克·杰克格尔语）。那么，要达到吸引、智慧、体验等，最精准而又便捷的途径就是创意，让你写作的过程和作品都由创意而来，融创意而成。

再引用一句美国作家詹姆斯的话："写作，首先是创意的事儿。"

所谓创意写作，其实并不仅是文学的创作，有创意的文字成果都应该算作创意写作。

我国台湾有位女作家叫李欣频，出过几本广告文案的书，尽管不是文学作品，但谁又能否认它是创意写作呢？我认为所有写作都可以而且都应该成为创意写作，甚至非虚构类的，形式上也必须有创意。因为创意，才会让你的写作变得独特、有活力、与众不同而引人入胜。

近年来，复旦大学在陈思和、王安忆等努力下，开设了创意写作课程，还出版了相应的系列丛书，并引进国际创意写作课程……但我不太同意"创意写作是美国兴起的"这一提法，试想古今中外优秀的文学作品，小说散文、诗词歌赋，甚至我们古代的书札、手记、食单，等等，又何尝不是创意写作？美国它只不过发明了"创意写作"这个词汇罢了。

但这个词的提出也有一个最大的好处，因为在写作的观念上，它让我们更接近写作的本质。过去，太多强调了"文以载道"的道理，好像写作是一件惊天动地的事情，非得提炼出深刻的意义来不可，殊不知，写作的本质与其他任何创造性劳动一样，它就是一门手艺活，就像厨艺或者缝纫一样。现在大力提倡"工匠精神"，这是对的，这是在激励敬业，激励对工艺的一种敬畏之心。同样，优秀的写作者，那就是出色的文字工匠，而写作手艺的高下正来自创意的优劣。

因为，写作本身就是创意的事儿嘛！

那写作的创意又从何而来？是从天上掉下来的吗？对，创意需要天赋，而所谓人的天赋恰恰是人的想象力。

人是想象的动物，想象是心灵之眼。作者是，读者也是。日本诺贝尔奖获得者大江健三郎讲得真好，他说写作"是创造唤起想象力的语言媒体行为……实质是唤醒读者的语言想象力，并使之结构化。作者的想象力和机能是用语言记录下来的，这一想象力的作用能唤起读者的想象，使生动的想象力得以实现"。

其实，想象力就是创意力，创意的能力才是写作能力之本。

创意即诗意。

诗意是让人愉悦的，而写作的愉悦也正在创意之中。

一位叫H.P.洛夫克拉夫特的外国作家说："愉悦对我来说就是奇迹——那些未知的、不测的、隐秘的、潜伏于变化无常的表象下的恒久不变的东西……"对呀，那些东西才正是创意的元素。

过去，写作课程总教导我们，要"写你知道的"，岂不知自己其实知之甚少，于是一丁点的写作才华就被扼杀了。那如果"寻找你要表达的"，便海阔天空，鱼跃鸟飞，你的想入非非便成为一项"骄傲的训练"。

创意写作对我们的脆弱的精神有振奋的作用，更具疗伤的功效。通过这座桥梁，我们会整理心灵，重新发现"一种尚未实现的可能性，它随着客观世界的发展和主体内在世界的千变万化而凝聚成万千不同的现实……"（昆德拉语）然后，我们会挖掘出潜在的自信，让思维更活跃、敏锐、深入，而健康地、增值地以书写的方式，走向似乎未曾发现的生命对岸。

创意是创作者的窗子，写作是每个人都可以经历的美好体验，更可以是展示自我生命存在及其价值的有深度的方式。

青年创业导师李开复在确诊患了淋巴癌以后，居然通过写作，自修生命的"死亡学分"，完成了《向死而生》的文字答辩。恰如秘鲁的诺贝尔奖作家略萨所言："写作给我带来了巨大的快乐……是一件非常有益的活动……好的作品总是告诉你，这个世界很糟糕，但可以变得比它现在的样子更好……"

同样，他的老友哥伦比亚的马尔克斯说："哪怕是现实最平庸的时候，也要使它充满诗意。"怎么办？还是马尔克斯对他写作的回答："是用密码写就的现实，是对世界的揣度。"

我懂了，这些密码，这种揣度——就是我们人生创意之旅中想入非非的美妙记录。

沪上四不象斋

2016年2月15日

目 录
CONTENTS

写作，一场想入非非的创意之旅

"不确定感"与直觉的真实

"你"即是"我"：叙述视角的打通

把焦虑的情绪空间"打洞"内省

"精神氛围"下的"诗性话语"

日常无奈的体验感知

景象、意象与隐藏的故事

"反差"：常规与异常之幽默

记忆、内在幻想、想象的快感

元素的改变，与虚构、冷叙事

『不确定感』与直觉的真实

"不确定感"与直觉的真实

美学家克罗齐讲过："直觉即表现。"对，可当我试图要把某个阶段的某种直觉表现出来时，直觉的真实出现的恰恰有一种"不确定感"。

面对很真实的现实世界，面对现实世界里很真实的人，人与人、人与事、人与物，等等，直觉又何以会显现得那么无法确定，似是而非，甚至于荒诞？一个阶段里，我的情绪空间为此纠结、备受折磨——当然，我也没有意识到，这种"直觉真实的不确定感"，居然也会成为写作的一道创意灵光。

也许，它才是真正的直觉真实。

《感谢刀锋》是一首很短的诗，起因可能就是听到一些流言吧，于是直觉的"不确定感"便开始真实地漫开：好像是谁说的，又好像不是；好像是谁传的，又似乎另有他人……到后来，仿佛自己真的身陷其中，仿佛不是，仿佛还是，莫非"花非花、雾非雾"便是此意？

这首小诗我从来没给谁看过，而《异桥》则可能因为表现了一种更抽象的"不确定感"，倒获得了一些读者的同感。

对《异桥》，你说它是小说也好，精神随笔也罢，这不重要，我要表现的正是既模糊又真实又有几分荒诞的直觉。

其实细节是绝对真实的。我在一座小城里生活过将近四十年，并且经常会走一座旧损的老桥，记得每次走过那桥头上，总有一个中年男子总在喊叫着什么。他的身份是无法确定的，他喊叫的内容也是模糊不定的，或许他只是一个神经病而已——但正是这一不确定的联想，让我的直觉延伸了，这里面似乎有某种很玄的哲学意味，因为较人物的不确定性而言，人物的行为本身却是事实——直觉告诉我，生活的生态就是如此：它确是不确定的，所谓的确定便是你直觉的反应，这个启迪恰是写作的创意点。

基于这点，可以说《19米室内泳池》最原始的创意也正是那个"19米"的不确定性。

有段时间，我常去一家影城里的游泳馆游泳。有一次，正在池中畅泳的我，忽然被一阵孩子的惊哭声所叫停。那是个八九岁的赤裸的小男孩，起先他就一直在池边上小跑，但速度并不快，步子还颇有规律，好像在用脚丈量着什么距离（这个方法小学老师教过）。可这回他可能滑倒了，估计摔得还不轻，而偏偏旁边一位其父状的男人竟伸手朝他的小屁股上猛击一掌。男孩哭得很伤心，但我听不清他在嘟囔什么，那一刻我只在想，他要跑着丈量什么呢？泳池的长度？计算自己能游几个来回？还是好奇？因为我自己就不确定，20米还是19米？20米应该是合理的、正常的，而我的直觉就始终认为是19米……如果真只是19米，那又会发生一些什么呢？

19米，抑或20米的泳池只是一个"筐"，后来我把那一阶段里真实的直觉，与"不确定感"相交叉的一些经历的片段和感受，都装到了这个"筐"里。于是，"我"及这篇小说中出现的人物，都被赋予了一种"不确定感"，由此提炼了心灵的生存状态，与现实的生存方式之矛盾和冲突的主题。生活可能是20米，也可能就是19米，这都是现实生活的可能。但问题是，计较，或曰质疑那不确定的1米的差距，便构成了人与人精神生活之差。

有读者朋友特意为这篇小说写了个评论，标题叫《身心分裂的流浪》，说它是"一种人对自身生存状态审视后的悲悯与感怀"，还说我是否受到卡佛的影响——这再次让我不确定了，可能有一些，也可能毫无关联，唯有能肯定的是，它的写作就是"不确定感"的创意实验。

写作实验 I

19米室内泳池

异桥

感谢刀锋

19米室内泳池

6月1日，是我的生日。

我不知道，我父母怎么会偏偏让我在这一天出世的，或者说，我干吗非要提早45分钟从妈妈的肚子里钻出来，否则，就是6月2日了。不，还是早一天好，因为6月2日，我就碰到了一件顶顶倒霉的事情。当然我是指今年的。

作为一个30出头的单身男人，生日不生日已经无所谓了。既不需要父母为我买蛋糕摆酒席，也没有情人来和我吹蜡烛什么的，朋友间想要吃上一顿，那随便找个理由就行。要不是凑巧在国际性的儿童节这一天，我甚至早把我的生日忘了。

因为记了起来，那天中午，我刚吃完每天供给的一盒快餐，就悄悄从单位溜了出来，独自朝东郊公园的方向慢慢踱去。开始我并不十分清楚我为什么要这样做，以往中午这段时间，不是打牌，就是打游戏。而走过拥挤嘈杂的时代广场时，我又马上明白，我的意识里有种寻求清静的渴望。

公园门口像翻了一只鸭船，叽叽呱呱吵翻了天。我才走近这儿，就知道又犯了个根本性的错误——儿童节下午，小孩子们统统到公园活动来了。我想我选择的不应该是公园，而是烈士陵园，那里除了清明前后，平常肯定极少有谁去，静得会让人心颤。但没这个可能了，当时我已经被四五个较大些的孩子推推搡搡地弄进了大门，连门票都没买。看门老太一定认为我是他们的老师。

公园里的孩子简直比栽的树木还多。我无所适从，只好在一片吵闹声中到处乱转。最后，我在一个大型的五彩气垫房子前站定，想看一批批的孩子在气垫上满头大汗地疯跳，就算了。我向来对运动量较大的内容比较感兴趣。看着看着，我自己也兴奋起来，一兴奋当然我不可能上去来几下的，只是忘记了时间。

接近黄昏的时候，只剩下三四个小男孩在瞎蹦蹦。我想我该回去了，就转身要走。这时，背后传来一个低低的女声："师傅，请你把那个穿蓝衣裳的孩子抱下来。"

一个少妇模样的女人很自然地望着我。显然，她把我当成这里的工作人员了。我回过脸去，那个穿蓝衣裳的孩子已站在气垫子边上，眼巴巴地看我。

没必要跟他们解释我的身份，我伸开右手，一把就将那孩子揽了下来。可背后的女人又说："师傅，麻烦你帮他系一下鞋带好吗？"

"我不是师傅——"我说。我有些不高兴地回过头，那少妇就朝我歉意地微笑一下，同时我看见她手里抱着一大堆衣物，好像不便弯腰的样子。于是，我就俯身给孩子系好鞋带。少妇又走上来一步："真谢谢了，今天六一节，又是他生日，玩过头了。"说着，她还望了一眼天边彤红的晚霞。

"哦，他也是今天生日……"我刚小声说完这句类似他乡遇故知的感慨的话，可那少妇已经牵着小男孩急匆匆地走远了。我随之走了几步，忽然又回头朝另一个方向蹚去，心里既有种莫名的怅然，同时又有些莫名的充实。

"昨天是我的生日——"说这话的时候，我已经是在我们单位主任的办公室里。我们单位是一家靠政府拨款的事业单位，高中毕业时，我由于填错了专业而没考上大学，于是，父亲在一顿恨铁不成钢的盛怒之后，把我支配到了这里。

主任在办公桌前乱翻着材料，看都不看我，"生日算什么理由，谁没有生日！"尽管我清楚随着父亲的退下来，主任对我的态度已每况愈下，但我还是没想到他会说出下面的话："整天吊儿郎当的，告诉你，单位里正精简编制，你先待岗吧。"但等他的话一完，我反倒平静了，甚至轻松愉快，因为我知道这种枯燥乏味的工作终于到了头。

我说："主任，干吗待岗呢，干脆我辞职不就彻底解决问题了吗？"

主任这下开始看我了，而且看了好一会儿。起先他的脸色明显很难堪，但慢慢地也平静下来："好吧，你自己先写个报告，我来批一下。"

半小时内办妥手续，我又用半小时去上上下下每个办公室跟同事们很潇洒地握手道别，可当我走出单位的大门时，那份化被动为主动的得意劲儿竟一点找不到了，剩下的都变作沮丧。此刻，我想起了父亲。我是绝对不能把辞职的事告诉父亲的，我也绝对不能没有工作，可我毕竟又把工作丢了。我走在街上，想着这些，眼睛就有些酸涩。况且还是6月2日，我刚过生日的头一天。

本来我是想干脆在我那个小套里睡它一个礼拜再出去活动的，可事实上我连一个晚上都没睡好。第二天，也就是6月3日午后，我就上街去买了一张晚报，装作随意地边走边看，其实我的目光紧紧盯牢在第二版的"人才市场"专页上。

我好像还是头一回发现这个版面的内容有如此的可读性，五花八门关于人的信息，真是丰富极了。我的兴趣主要是集中在左下角一小块的招聘方框内，一家综合性的娱乐城需要副总经理、总经理助理、服务小姐、厨师、电工，及各部门的管理人员，我当然是看中了其中的一项，就朝地址上的方向匆匆赶去。

我不想照应聘的程序按部就班，而是径直闯进了总经理的办公室。年轻的总经理已经撞了公文包正准备出去，当我刚说出"应聘"两字，他就不耐烦地挥挥手："我们在劳务市场有摊位，你到那儿去。"说完还补上一句："像这样不懂规矩，我也不可能聘你来当副总的。"

"我又不要当副总！"我一生气，声音就大起来。

可能经理觉得自己过分了些，也可能是被我吓了一下，他勉强笑了一下说："那你要当什么？"

我说："我就看中了游泳馆的服务员。"

"为什么？"经理定神地看着我，"像你这么瘦，要知道，除了管理，还要兼带救生。"

"笨蛋，瘦跟游泳有什么关系！"当然这句话我并没有说出口，我说出来的是："我喜欢游泳。对了，哪怕不游，坐在岸上看看也开心，还有，我问一下这个室内泳池有几米长？"经理显然已对我发生了兴趣，他坐下又站起来，不假思索地答道："20米，去看看吧。"

我根本弄不清自己干吗要脱口而出问起游泳池的长度，想来只可能是对游泳的过于热爱，或者说，是对那一池碧蓝的水波太向往了。可我不知道经理为什么要欺骗我。

当我水淋淋地从池沿爬上来的时候，经理正握着手表一本正经得像裁判似的，只听他兴奋地说："不错，不错，其实你完全可以去游泳队的。"

我生气地抹了一下脸上的水花，直愣愣地说："你为什么要骗我，这池子只有19米！"

经理一下子给愣住了，片刻也生气地说："对，是只有19米，当时施工队不知怎么给搞错了，可是20米跟19米有什么关系呢，你又不是来参加比赛的——"

我大声地说："我是问你为什么要骗我？"

经理真的给搞火了："我习惯了说它20米！"

"那就是说，你已经习惯了骗人？"

接下来，我们俩就谁也不说话，都静静地看着对方，好一会儿，彼此几乎是同时爆发出一阵大笑，而且同时伸出右手握了握。这一刻，我就知道跟这个叫经理的小子有点缘分。果然，他什么都没再问，就决定把我留下来了。

讲实在的，我感到真幸运，因为我对眼下的工作非常满意。这个19米的室内泳池很适合我，由于平时来人较少，它安静得让人舒心。白天我可以望着碧水作无限遐想，而到晚上九十点钟，往往也只有我独自跳下去激起一批漂亮的浪花。尽管生意的清淡也直接影响到了我的收入，但我还是愿意用四个字来形容我的心境，那便是：轻松愉快。

和我合作的另外还有两个人，一个是苏北来的中年男子，大家叫他老五。因为我们的泳池还带冲澡和休息的包房，老五就可以在这儿施展他的一技之长，替客人擦背或捶腰。准确地说，老五不能算这儿的人，他有了活，我们就收取他一点管理费而已。另一个是满脸雀斑的小丫头，她的任务就是整天坐在入口处的一个小吧台里，卖卖饮料及三点式泳衣之类。她不爱看书，不爱打打毛衣什么的，也不爱讲话，难得跟人说话时，除了那些雀斑会适当跳跃几下，就任何表情都没有，我是一来就怀疑她是否已经坐呆了。

所以，同这么两个人相处，我在轻松愉快之余又开始感觉到一种孤独。一个星期下来，我已经很想找人说说话。偶尔也会来上三两个顾客，可他们基本上全是同自己人讲，而不大可能搭理我。

经理平常是不大来的，他对经营情况的不景气好像也不太焦虑，譬如在楼梯上碰到我，也只是轻描淡写地问一句："这两天有人吗？"我说"有"或者"不多"，他又总是稳坐钓鱼船似地耸耸肩说："急也没用，我们这儿消费太高，以后兴起来了就好办。"我开始不懂他"兴起来"的概念是什么，后来想想是指游泳流行起来的意思吧。不过我始终不明白他为什么就不肯降低点价格。当然，这用不着我干着急。

　　星期五，也就是实行双休以后的周末，大约七八点钟，总算来了一对男女。男的看上去四十出头，五大三粗的，女的则年轻娇小，他们分别去换衣服后，很快又在泳池里合到一块儿，并且放肆地做起各种肉麻的动作。这令我非常恶心，尤其那女人还不时发出大声的浪笑，简直将一池碧水都搞浑了。老五站在一旁，眼睛看得直勾勾的，一副没出息的样子。但我毫无办法。我不是这儿的老板，我想如果是，我肯定会让这对狗男女立即滚蛋。

　　听口音他俩是外地人，而其他的我就不能再判断出什么，但他们绝对不是正常关系。水上水下，反正能干的他们全干了，还要再出格，那就只能上床。所以那个男的已经兴味索然地爬上岸来，只顾晃着脖子上一根粗大耀眼的金项链。那女的，却还像一条骚鱼一样，在水里窜来窜去。说实在的，这样的场面虽让人反感，可对于一个30出头的独身男人，又不可能完全无动于衷，具体地说就是，我好像不大肯轻易放弃视线所及的范围——这时，我们的经理来了。

　　经理是陪着一位稍微有些发福的中年男人来的。我看见经理先在吧台那里同崔斑小姐嘀咕了几句，然后挑了条藏青颜色的游泳裤，塞给边上的男人。等这男人把那条泳裤穿上，走到池边，骚鱼也不知窜到什么地方去了，一切已复归宁静。

　　这男人似乎挺满意地点着头，对经理说："这里好，宁静，我过去还不知你有这么一块世外桃源呢……"说着，自个儿哈哈大笑了一通。

　　经理也笑着直点头，接着又走过来告诉我，他是什么局长，让我留心一点他的安全，还说，局长以后可能经常要来，当然是免费的，包括老五的服务也在内部结算。望着我有些疑惑的眼神，经理压低声说："你不懂，局长来了，以后就什么都好办。"说完，经理再跑过去同局长握握手，先走了。

局长的身体比我想象的还要胖百分之二十，可泳技却比我设想的要好得多。他先是自由泳，"哗啦哗啦"地划过一阵就过渡到轻松自如的蛙泳，大概游累了，又静躺在水面上，任其自然地仰泳起来。这时他双目微闭，脸上的表情显得尤其舒展。局长的水平肯定跟我不相上下，我想，所谓留心一点安全则完全是多此一举。

半个多小时后，局长笑呵呵地准备上来，我只是发现他在拉不锈钢扶手的那一刻，左手似乎有些疲软，就职业化地上前拉了他一下，可谁知我的右手同局长的一搭，就再也放不下来了。局长开心得都有几分失态，他一直把我拉到沙滩椅上他身旁坐下，还坚持捏着我的手。同时他非常专注地望着我，很可能在考察我是否是容易受宠若惊的那种人。我心里一不舒服，神色就肯定异样。

局长终于放下我的手后，开始同我说话。他先是"老喽老喽"地自嘲一通，意思是如果前些年他一定游得更出色。然后主要是给我吹他习泳的经历来，他说他是老三届的知青，插队在一座水库附近，那时别的知青已经男男女女的搞在一块儿了，而他就拼命练游泳，冬天都游。接着他又告诉我，他这个人不会跳舞唱卡拉OK，也不会打牌打麻将，唯一的爱好就是玩玩水，最后他还郑重其事的小声道："其实我最合适的位置哪，是在体委，可市里不同意。"

局长讲完这句话，才以一阵阵轻微的叹息暂告段落。这过程中，我基本上都是在听，我也不知道局长为何要像对知己一般地给我掏这些话，尤其当我偶然发现他夹在黑发中间的也不算太少的丝丝白发后，心里又多少有些感动。

不管怎么说，局长的出现，给我们室内泳池带来了生机。或者说，正是印证了经理的话，"什么都好办"。因为从那以后，这里就不知不觉地变得门庭若市，繁荣起来。特别是那一批批什么工会的、团委的，反正是有组织地来的泳客，就使这里的经济效益直线上升，只是这种突如其来的热闹，一时让人适应不了。我记得有一次，池子里的人多得简直就跟往锅里下饺子差不多。你想想，那可是怎样的场面！这大概是八九月份的事，那时天热，我的心情也很烦躁。

局长当然还来，只不过他从不同那些有组织的一起来，而且总能错开。局长来得比较晚，一般都在十点过后，我看出局长很忙，由于忙，他的情绪往往也有较大的波动。有时他还跟我们第一次见面时那样滔滔不绝，有时他会从头到尾一声不吭，沉默得像有一肚子的心事……一回，我就试着同经理探讨有关局长的内心世界，经理眼一瞪，说："你不管，他只要来就好。"

"当然。"我望了一眼经理，想想也对。

可惜的是，一过国庆节，局长就莫名地不来了。问题的严重性是局长一不来，那一批批有组织的也似乎随之消失。我为此设想过多种可能，譬如说，气候渐冷了，局长身体欠佳，或者出差去了，还有大家对游泳这个活动厌倦了，等等。但似乎又都不成立。我怀着一种好奇的心理去请教经理，经理的面色已经很难看，爱理不理地说："你不晓得现在禁止公款娱乐吗，我们这儿跟舞厅什么的一样，是高消费。"我这才豁然开朗。同时我发现我这个人怎么想问题老是抓不到问题的本质，而弄得没边没际乱七八糟的。恐怕这也正是我老混不好的原因之一。

天的确渐渐冷了，而我们的室内泳池依然温暖如春。

但一切又恢复到先前的样子，来客稀少，池水静多于动。当然对我来说也不坏，一则我已经适应了这种单调，同时，因为混熟了，我也可以间歇地邀请一些朋友来不花钱闹上一番。这方面经理倒很想得开，反正水在那里，没人游也是浪费。

其实来还是有人来的，只是数量少罢了，少得我都不难记住他们的模样。譬如有个少妇，那一阵几乎天天都来，但基本上很少下水，总是穿着耀眼的泳装坐在沙滩椅上抽细长的摩尔，我甚至怀疑她根本就不是冲游泳来的，而是为了充分展示她高耸的胸部。譬如还有个老头，鹤发童颜，他彻底为游而来，从下水到上池，始终是那么专一，而且一概仰泳，游完了就走，一般为45分钟……类似这些人，我从来没具体接触过，所以也只有泛泛的印象。倒是有一位我得细细说一说，因为，我们不仅做过几次交谈，并且我总感觉到，将来我们之间肯定还会发生点什么。

那大约是11月初的样子，他就突然出现在我们泳池，对了，他叫刘冬平。这个名字当然是我以后才知道的，当时只因为他的某些神秘感而觉得好奇。

刘冬平是穿着一身黑色的风衣直接走进泳区的，一走进来，他就坐到椅子上吸烟。他的烟瘾肯定很大，可以说从坐下来就没有断过，一个钟头以后，他身旁的烟缸就盛满了烟蒂。他抽的是希尔顿，这是我走过去的时候发现的，现在来这儿的几乎没人抽这种牌子了，也许他是个打工的？但他出手很大方，其实他根本没下水游，可出门前，他还是在吧台那儿潇洒地买了单。同时，我看见他从兜里掏出手机，毫无顾忌地打着走远了。

第二天的老钟点，刘冬平又来了。他还是坐老地方，还是抽烟。这次我已经知道，他不是来游水的，准确地说，应该是来看游水，或者更准确地说，是来看水的。因为没一个人游的时候，他也是默默地对着那碧蓝的池水发呆。而我就在对面走来走去，观察他的表情和举动。

刘冬平很瘦，头发乱蓬蓬的，戴一副深度近视眼镜，这就难以判断出他的实际年龄，看上去起码有四十出头，可事实上，我后来知道他仅比我大了五岁。其实他的表情是看不清楚的，也可以说，他根本就没任何表情，我只是在反复地看他抽烟。刘冬平抽烟的样子很独特，如果说常人往往将香烟夹在食指和中指间舒缓地吐吸的话，那他就真算得上抽。他是用拇指和食指狠狠地捏着，送到唇间，一大口一大口地吸，由于极少见到吐出来的烟雾，我就怀疑是否都吸到他的心里去了。而且每根烟吸到五分之四的地方，他就掐灭了再重新点上一根拼命地吸，吸得让人都要心颤似的。

"这里可以睡通宵的吧？"我走过去的时候，刘冬平忽然指指里面的休息室问道。这是他第一次同我讲话。

我说："当然可以，只要你结通宵的账。"

刘冬平又不说话了。这一夜，他果然睡在了这儿。

本来，我也是应该不走的，来这儿工作开始，我就以池为家。可那天晚上，父母亲突然非要我回他们家一趟，我不知发生了什么事，只好一过十点，就匆匆忙忙地赶了去。

当时父亲的神情十分严肃，在屋内走来走去就是不说话，而母亲则满脸堆笑，像捏了一把好牌似的将八九张年轻女性的彩照摊到我面前，然后紧张地观察我的表情。我心里早就明白是怎么回事了，随便看了几眼，也很快将照片像洗牌似的弹了一下，还给了母亲："妈，这牌太臭，没王。"父亲顿时被我油腔滑调的态度所激怒，他居然失态地吼了声"我才是王"，就气呼呼地冲进里屋。母亲失望地看了我好一会儿，除了轻微的叹息，什么也没再说。空气已经让我破坏，当然不能再贸然离去，所以我还是在家里住了下来。

其实我也从未有过独身的念头，但我知道婚姻是一个真实的东西，是糊不来的，得靠缘分。好像我同刘冬平正式交谈也就是从这个话题开始的。那天夜里，我们不知怎么就床挨床地躺了下来，刘冬平看了看我说："哥们儿，没有家吗？好，婚姻真没意思。"说完扔过来一支希尔顿。

我有些不知怎么回答他，只是点上了烟。

刘冬平又说："假的，人全是假的，我天天在社会上混，就好像天天在参加假面舞会一样……"他狠狠地抽了一阵烟，再接着说，"我来你这儿，就是想看看人在这样的场合，赤条条的，到底是个什么样子。"

"一样。"我说。说完之后，我竟为自己这一貌似精辟的结论有几分得意。

可刘冬平又沉默了，沉默得连眼珠都不动一下，只盯着天花板看，我想，恐怕只有那盏吊灯是真的了。

我和刘冬平就在灯下迷迷糊糊地睡着了，但从那以后，我们的交谈就逐渐多了起来。于是，我就多少了解到有关他的一些情况。刘冬平是一家不算太大也不算太小的私营企业的老板，前些年老是惨淡经营，今年却不知怎的时来运转，给赚了笔不算太大也不算太小的钱，可问题就来了，公司里的奖金怎么也发不够，最后导致一个和他同甘共苦了十来年的副手，竟席卷了账上将近一半的款子不辞而别。接下来是家庭战争，原本黯淡的夫妻关系在半个月前居然像定时炸弹一般爆炸。结果，房子、儿子和家里所有的一切都成了妻子的战利品。一夜之间，刘冬平竟成了条丧家犬……当然，"丧家犬"这个说法，是他自己的原话。

"幸亏，老子的口袋里还有钱。"那次，刘冬平恶狠狠地说道，"可钱又有什么屁用！"

当时我好像还有几分庆幸似的，小声道："婚姻是没意思。"

刘冬平一下子坐了起来："不，是什么都没意思——"他难得有这样激动，指间长长的烟灰统统抖落在毛巾毯上，"你说，赚钱有什么意思，活着有什么意思，对了，就像你天天在这儿，你说有什么意思？"

是啊，我每天就这么混着有什么意思呢……但我没把这话说出来，只是轻轻推开他指向我的右手，尔后，又在心里问了一遍。

元旦前一天的晚上，刘冬平又来了，身后还跟着个八九岁的男孩。刘冬平说，这是他儿子，过节问妻子借出来一天。男孩缩在后面，怯生生地喊了我一声"叔叔"，就张大眼睛好奇地四处张望。

这天外面很冷，但大多数人还是热衷于吃、唱、跳，就没想到来温水里活动活动的，因此，这儿好像显得异常空落。刘冬平倒是存心来的，他先一大一小买了两条泳裤，分别换上后，拖着儿子就来到池边。随着一声尖利的童声，孩子和救生圈已被刘冬平同时抛入水中，而他自己则在池边蹲了下来，抽着烟看儿子在水里手舞足蹈地怪叫。

也许刘冬平根本没打算下水，或者他根本就不会游水，只是做个样子骗骗儿子的。尽管我搞不清他这样做的动机是什么，但责任心可一下子给提醒了，我得赶紧脱掉长裤，认真地在岸边巡回跑动，以便随时跳下去。

刘冬平还在那样看着，他的嘴似乎咧开了。可我分辨不出究竟是笑还是哭，只有一点可以肯定，此时此刻，他内心深处有许多东西在泛滥。孩子是很快就游累了，抓着不锈钢扶手直往上爬，我这才松了一口气。孩子很瘦，刚才一定是被那件过于肥大的羽绒滑雪衣掩饰掉了，而这时，他就晃着精瘦的小躯体，在池边的大理石面上来来回回地反复奔跑着。

地面太滑了，孩子在跑了大约五六个回合后，终于"砰"的一声摔倒在地，紧接着，一种受了很大伤痛的孩子哭声骤然响起。我还没来得及赶过去，就看见刘冬平已经一步上前，一手拎起孩子，而另一只叉开五指的手正朝下用力地扇了下去。

我真不明白刘冬平干吗要生这么大的气，现在该生气的是我。可惜那个并没有多少肉的小臀部上已经红肿了。也许就为这孩子喊了我一声叔叔吧，我将刘冬平推向一边，忍不住伸出手去，替孩子抚摸起来。

孩子的哭声已经止住，但满脸是泪："叔叔——"这回我不知怎么才好了，只觉得有一种莫名的冲动，让我必须将孩子紧紧地搂在怀里，因为他小声地断断续续给我说了这样一句话。

孩子说："叔叔……我爸讲这池子有20米长……我刚才就用步子跑……可只有19米呀……"

〖**附记**〗

三天以后，我毅然离开了被我称作"19米室内泳池"的地方，但这回我没急着去寻找新的工作，而首先要去找那个为了得到一个真实答案承受了双重伤痛的孩子。这一念头对于我竟十分的强烈和重要，或许会跟我以后的人生有关。因为我想像孩子那样生活在真实里了，这才能活得有点意思。

异桥

　　一排临河的房子往东些，就有座很窄很故旧的石桥。据说是明朝留下来的，如今只与两条小巷接通，大量的人流车流全由西边的新桥上走，因此这里行者寥寥。

　　陆就住在靠近老桥一头的临河的房子里。

　　陆不知道自己和自己的长辈在这房子里住了多久，反正在他的记忆中，生下来以后就没换过环境。

　　陆三十岁了。三十岁以前的陆曾努力过多少次，想彻底摆脱这充塞着陈年霉味的氛围，但每一次他都失败了。三十岁后，陆便不再做梦，他对这里的一切，开始滋生出一种莫名的依恋之情。陆尤其喜欢叼一支烟，伏在临河的窗口沉思默想，或者，呆呆地看那一缕烟雾缓缓飘向河道内发黑的死水。

　　日子却在一点点不动声色地流过去。

　　春天的时候，陆极少将面孔朝向窗外了。一到黄昏，他就埋头于一本书里。这书可能是一本很吸引人的通俗小说，也可能是艰深得让人难以卒读的理论著作，甚至还可能是枯燥得毫无兴趣可言的辞典……总之，陆阅读的目的远不在书本身，而只是为对付外界干扰所采取的一种方式。

　　每当黄昏来临，陆的窗外就会传来一声声声嘶力竭的喊叫。不知道是从哪天开始的，也不知道具体内容是什么，只不过在陆听来，极像喊自己的名字。这时，陆便会很快将头伸到窗外去，张望一会儿，再小心翼翼地缩回来。后来，陆才发现喊声来自那座石桥，有个中年男子，长发披肩，孤独地立在桥头仰天长啸着。陆不认识那人，但喊声确与自己名字的发音十分相似。

这样，陆的心境就被扰乱了。虽然明知不是喊自己，却总也平静不下来，无心去做任何事情，连手中读了一半的书亦读不下去。时间长了，陆觉得所谓潜心读书的方式，也不过是自欺欺人罢了。

后来的事情，就似乎约定好了的一般。陆下班回家，泡一杯茶，点上烟趴到窗口，不久那喊声便出现了。陆静心地听着，也不再去着意分辨这里面真正的意义，但他听得很专注，很入神，仿佛聆听神圣的乐章一般。

有一天，陆的心情特别好，他推开窗子，岸边的几株杨柳全透青了。陆就看着在风中招拂的丝丝柳条，等待那喊声的到来。可一直到天色黑尽，喊声竟始终未出现，这又使陆的心境变得很坏。他奇怪自己怎么会感到失望，甚至沮丧。临睡前，陆还有意无意地碰碎了一只杯子。

第二天就下起蒙蒙细雨来，雨雾中的黄昏便多了一层氤氲之气。陆有些把隔夜的事忘记了，准备吃晚饭。可正在这时，那喊声又十分清晰地传进窗户来。这回陆没有再转向窗口，而是干脆丢下碗筷，一头冲出门去。

中年男子依然在细雨中反复呼号着。陆走近他时，他的长发、衣衫、脸全被雨水打湿了，立在石桥的正当中。

你在喊什么？陆问。

那男子就拿一种非常奇怪的眼神望着陆，你听了什么？

……陆被问住了，忽然觉得自己很可笑。

你听见什么就是什么，我喜欢叫，叫对我是必须的，就像你必须吃饭、拉屎、睡觉一样……说这话的时候，他看都没看陆一眼，只是摊开双手去接连绵的雨丝。说完，他又仰起头继续高叫起来。

不知怎的，陆走下桥面时，竟也跟着大叫了一声。

感谢刀锋

流言太像刀锋
还不是它来杀你，而是
要把你推上来
自杀
正如某一类恐怖的魔术

但我还要感谢这刀锋
它让我不敢嗜睡
又不敢不睡
不敢眨眼
又不敢不眨眼
我只好苦苦练习
等我练得刀枪不入
我就上去了——

哈哈，真没想到
它不过是武侠片中
寒光闪闪的道具

『你』即是『我』：叙述视角的打通

"你"即是"我"：叙述视角的打通

《前方停靠站》其实是我三十年前的小说，当时发表在文学界颇有影响力的《上海文学》上，还打了头条，后来又被收入《中国意识流小说选》一书。如今我再把它翻出来，倒并非为了这些，而是因为它好像是我唯有一两篇以第二人称写作的作品。

有人曾说到我这篇小说，是受了法国当代作家米歇尔·布托尔《变》的影响，因为它是意识流的，更是采用了第二人称，但我写作时真的不知道有这本书，甚至根本不知道作者。我这样写完全基于写作时情绪的需要，或者可以说，正是这种情绪所需，我把它当作了一个创意。

有一位我并不相识的叫宋耀良的学者，也是《中国意识流小说选》

的编者，他在"意识流小说与文体变革"的代序中，提及了《前方停靠站》："以第二人称为叙述角度，'你'的称谓一贯到底，从这一视角摄取生活，包括内心生活的画面表现。这大概就是弗里德曼所谓的'有选择的全知者'，即以作品单一人物的心灵作为显示一切的固定中心方式的创造性体现，因为通常这一方式是用第三人称'他'，改用第二人称能更易于进入人物的内心，从而进入读者的心灵。"

其实，开始写作时我从没有想这么多。主人翁"你"的原型是我一位好朋友，当时他确在一所艺术学院面临毕业，我们经常彻夜长谈，这在他赴外地深造前便是如此。我们几乎无话不谈，在他的宿舍里，往往水全都喝光了，早晨水杯便堆满了烟头……当然这不是主要的，关键是彼此都以"你"这样的语境在交流、述说，或者争论，甚至是以"你"的思维在思考——所以，当我后来决定把他作为原型要写一篇小说时，就绝对自然地选择了第二人称，不，更准确地说应该是"你"的思维才开启了这篇小说的灵感之门。

因为有"你"，我写得很顺手，"你"好像就是我笔尖下源源不断的墨水，一万多字几乎一气呵成，可直到写完最后一句我方明白，其中这"你"中一半是"我"。因为"你"，我反而不自觉地把叙述视角打通了，"你"中有"我"，"我"即是"你"，甚至小说里出现的其他人也都成了"你我"。

通常认为，所谓全知视角，即"他视角"，是非限制性的，而"我视角"则是限知视角，那采用第二人称是"你视角"吗？其实既是我视角，也是他视角。通过视角的内聚焦，同时也可转成外聚焦，它们之间其实是完全打通的叙述，唯有不同的是，它可能不会像冷叙事那样的"零度聚焦"，因为打通它们之间的是流动的情绪在作用。

同样，诗《白马或幻象》和《风》，我也真的说不清楚是哪种视角，给我写作灵感的，都是两幅画。画出自两位不同的画家，但感觉都纯属于我。

好像在诗歌的世界里，视角的打通可以更随性、更自由，因为写作的创意本身就是自己在那一刻与观察对象的打通，于是在这两首诗里："画"都是"我"，"我"也是"我"，"白马"也是"我"，"姑娘"也是"我"，"风"也是"我"，"风筝"也是"我"，一瞬间那只虚拟的茫然的"鸟"也是"我"……

在创意写作中，叙述视角其实不是什么问题，关键是你是否找到了叙述的创意点，而创意点并非完全基于你观察的视角，更在于你与想表现的对应物之间的打通，其余的只是写作过程的技术手段。

一位叫詹姆斯·伍德的美国文学批评家，曾提出一个"自由间接文体"的概念，正巧在这点上给予我们很好的启发，他说："感谢自由间接文体，我们可以通过小说中的角色的眼睛和语言来看世界，同时也可以通过作者的眼睛和语言来看世界。我们的视角有全知全能视角和限制视角。作者和角色之间的裂缝，通过自由间接文体连接起来，而这座桥梁既填补了裂缝，也让人注意到了两者间的距离。"

真应该感谢他的这段话，也许"自由间接文体"的本意只是指，让笔下人物的思维方式和语言进行第三人称叙事的一种技法，但我们又何尝不能继续拓展和延伸呢？让"我"的思维与语言，进行"他"，也可以是"你"的叙事实验——创意写作的技巧也应该是创意吧。

写作实验 II

前方停靠站

白马或幻象

风

前方停靠站

你已经记不清你是怎样挤上这趟列车的了。

或者应该说，你再也没有兴致去回想刚才惊心动魄的一幕——在这趟由N城发出的夜行列车上，简直连人们的目光都被挤扁了！

现在，列车已缓缓启动，离开站台好一段距离了。不过它还是开得很慢，很慢。也难怪，拖着这塞得满满的一长列车的人嘛。好在钢轨是没有生命的，压力的轻重对它无关紧要。

好在你是有座位的。你自豪的是，属于你的那张小硬纸片上，分明贴着一个白条儿，上面清清楚楚地印着：9车83座。也正是它，使你大意了——你还像往常那样把时间扣得很准——离开车还只有五分钟，才悠悠地跨上月台——可月台上的情景一下子使你惊呆了：一团又一团的人围满每一节车厢门。该下的下不了，该上的上不去。火车头不耐烦地"呜呜"催促了。列车员已经无法维持秩序，只是在每一团人后面拼命往上推，推到能关上车门，便算大功告成。

这时，是否对号入座已经毫无价值，你得首先想办法上车才行。你就瞧准那个挑着两大麻袋东西而动弹不得的人，瞧准那扁担下面的一点点空隙，不顾一切地钻进去。然后，你开始大喊大叫，像一头发狂的狮子——大概人到了关键时刻都有这点本能吧！于是凭着你的年轻，凭着你行李少（你只随身带一只黄帆布书包），凭着另一辈人对于像你这一辈人的不屑一争，你终于挤了上去！你心里明白的，身后的一片咒骂声也告诉了你这一点。怎么说呢，就这么一趟车——当你刚挤到车厢接头的地方，列车就启动了。但愿该上车的人都已经挤上来了！

随着列车启动后一瞬间的晃动，挤得紧紧的车厢好像略微松动了一下，继而，又挤得更紧。可你就乘着这一瞬间，继续往前挤——"对号入座"是你的专利，否则，你就不会提前两天，从教室里溜出去排队买预售票。

你的座位不是靠窗口的，但上面已坐了一位和你差不多年龄的男青年。你没说话（其实你是没有力气大声说话了），只是将手里的小硬片儿在他眼前晃了晃。对方怀着敌意打量一下你，极不愿意地站起来，不过没有走出去，出去也没有插足之地了。他一屁股坐在你面前的小茶桌上。幸亏自己的个头比他的大，你暗暗想。

此时，你再不愿回想自己是怎样挤到这座位上来的，就像你再也不愿意去回忆三年前你是怎样考上N艺术学院一样。尽管你还是幸运的。

你原来在C市的工艺美术厂给刺绣姐妹描画稿。不需要创作，整天一丝不苟地临摹就可以了。临摹是绝对不需要你的个性的。在"头头儿"极勉强，甚至是"你要考试，就让你试试吧"的眼光下，求得一张盖有鲜红大印的介绍信，然后，你用整整一个晚上，反反复复地挑选报名时要寄的习作——许多同代人，盛夏时他们坐在街灯下，悠然地拨弄着吉他；隆冬季节，他们早早地钻进暖烘烘的被窝，有的身边已有一位温柔的新娘……可自己呢！却必须到郊外去画水粉，到乱哄哄的轮船码头去找"模特儿"，画头像，画速写。……你毕竟是挑出了最满意的几张。只要能换来一张"准考证"，哪怕它们最终和许多考生的心爱的习作一起付之一炬，你也是心甘情愿的啊！而第一年你的几张习作就这样悄无声息地消失了。第二年总算有了"准考"的机会，可该死的文化课……

你觉得真像挤这趟车一样。一个考点的考生恐怕就有这么满满的一车厢。那所有的考生，包括报了名而未获"准考"的呢？而每年可以挤上去的，又只有那么十几个。可你还是固执地去挤了！当然，光凭你的年轻，光凭你的力气，光凭大喊大叫是没有丝毫作用的。你必须认真地画。据说老师评分时是将所有的画都摊在地上——你的终于被捡出来了。你有资格参加文化课考试，你考得很认真，考得满头大汗……尽管你很晚才接到录取通知，你几乎已认定无望。幸运的是，你糟糕透了的外语得分暂时还只作参考分……

列车的行速似乎加快了一些。轰隆轰隆的声响却早已被车厢内各种各样的叫唤声、说笑声、啼哭声所淹没了。就像这绿色的列车淹没在黑夜里一样。车窗外黑乎乎一片，你把目光收回来，才发现车厢内依然水泄不通，别说是你面前的小茶桌上坐了人，其实每一张小茶桌上都如此。甚至，行李架上爬着人，座位底下躺着人，还有个别踏着座位靠背，双手抓住行李架的……几乎每个空间都被人占领了。不过，各色各样极有个性的动态吸引了你。你想从挎包里拿出速写本，勾上几笔。可是身旁的那位大汉竟死死倚在你身上"呼噜呼噜"地打起鼾来。你用力推了推他，那声调拖长了，继而又恢复了原有的节奏。难怪他实在坐不直，那边还有更多的人压着他。于是，你打消了画速写的念头。你的目光落到那块黑玻璃上。

偶尔，外面有一些灯火，像流星般在黑玻璃上划过。你想起了一则笑话：有一位极高度近视的人，在列车上倒残茶时，竟误认为那黑咕隆咚的窗子是开着的，结果茶水溅了他一脸……你绝对没把这认作是"意识流"。因为，你太口渴了！

"要茶水的同志请到7号车厢。"女播音员的音色倒是甜润润的。可你没带杯子！

你又决定抽烟了。前面那个小子用很漂亮的打火机点烟的姿势启发了你。虽然你嘴里干燥得以致直到现在才想起这小精灵。你努力从口袋里掏出半包已挤扁的"非正宗大前门"，你用火柴点燃了其中的一根。

可你才吸了一口，就大声咳嗽起来。你不得不将整根的烟撤灭了——这时，你才发现，你胸前那枚白底红字的长方形小牌子被挤掉了！

哦，你的校徽丢了！丢在什么地方？现在根本无从找起。但可以肯定是在挤的时候丢在挤的地方的。你外出时总别着它。你倒并不是要以此来炫耀自己，而赢得一些钦美的目光，只是希望它能使人们把长头发、穿牛仔裤的你与"小纰漏"的概念区分开来。如果遇上其他院校的大学生，结识、交谈可能会方便些。起码打第一个招呼的时候，可以省去必要的自我介绍——这使你沮丧！尽管你对这座学院本身早已失去了最初那种神秘乃至神圣之感了。你有时甚至会觉得那一大批一大批比你三年前更勤奋、更虔诚的考生们幼稚得可爱。当然，总的来说你从来没有后悔过，也没有工夫和必要去想。你唯一的使命是读下去，老老实实地读完它。

你也完全没有兴致去回想这三年是怎样过来的。用一个"苦"字是绝对概括不了的，比"苦"更苦的是压抑，性格上的压抑。你总觉得有一把无形的锉刀，在把你身上凸出来的东西锉掉，然后，又把这些被锉下来的粉末揉成一团，分别嵌进你某些凹下去的地方。似乎这样你便标准了，完美无缺了。可硬塞进去的那些东西很别扭，不仅是游离的，而且是抗争的。你难受，感到疼痛。你觉得现在和过去几乎没有什么区别：同样是一个星期完成两三张画。原来要让订货的客户满意，而现在必须让老师满意。唯一不同的是，还有杂七杂八的文化课——其实也还是一样的。你听说你们这几届的高中生都不算数，得每门复习后重新考核。英语你是花了三倍于学画的力气补上来了，可学过两年又改成选修课。你当然也可以去选修，本来你是这样决定的。你想考研究生。但今年学院招进了两名可谓对美术毫无研究的研究生，据说是某外语学院毕业的才女——于是，你退却了。你放弃了那念头，甚至为自己庆幸：及早地免去一场可悲的玩笑……

哲学可是你感兴趣的课目。当你发现现代派画家们的追求探索不仅仅是画面本身，还有着更深的哲学意义的时候，你开始有意识地花工夫钻研了。你购买了大批可以买到的有关书刊，做过不少笔记。当然仅仅凭这些，你还是很难搞清楚"存在主义"、"弗洛伊德"等等实质性东西的。你希望在哲学课上，从那位颇具学者风度的老师口中得到一些启发和解答。但你不知老师是自己也搞不清楚，还是有意回避，总是先讲马克思如何如何，然后又讲现代哲学如何如何，总不能放在一起比较、分析、批判。你相信自己是崇拜马克思的——为看《马克思的青年时代》电视连续剧，你还跟一个同学为争频道差点打起来——尽管，马克思的理论不是轻而易举能讲清楚，但老师总不能那样毫不顾及学生的反应，自言自语讲过一通后，在考试前把复习题及答案同时抄在同一块黑板上，而且总是两题必考其一。也许，这很难怪罪老师，其实有几个学生像你这样对这门课如此顶真呢！于是，你觉得越研究下去便越糊涂。你承认自己是脆弱的。不久你便惊奇地发现，它们已失去了往日的魅力，你再也没有兴致去激昂慷慨地作无休止的探讨、争论了……

于是，你的课余生活变得很枯燥。你早就会跳舞，应该说还是跳得很不错的。学生会也经常举办周末舞会——但自从那次以后，你很少很少去参加。富有节奏感的舞曲对你仿佛成了噪音。即使去了，也感到无聊。否则，你是绝对不可能在这个周末，这个本院与W轻工学院举行联欢舞会的周末之夜——断然离去的！

你当然是悄悄走的。你要上哪儿去？现在你倒反而茫然了。不是回C市吗？前天预售的车票上清晰地印着目的地。你上车前曾犹豫了一下，因为，你不知道回C市去干什么。

去找D聊个通宵吗？应该说D是你最知心的朋友。他和你过去一起在工艺美术厂。D是画广告牌的。你知道，其实D比你还要压抑——"每天每天/涂抹单调，涂抹枯燥/像机器一样涂抹出机器……"D曾给你看过他的一首诗。D爱好文学。可他总把自己戏谑为"抹油灰的"。"幸亏现在上面不准画美人像了，否则还总要挨朋友们的嘲笑。"D苦笑着告诉你。你劝过他一同考艺院，可他很固执。他相信艺术家不是从那里培养出来的——你的确为D的固执所折服、庆幸。可从上次见面后，你隐隐约约地感到，D似乎有些后悔。

他说：

"还是有张硬派司好，苦几年，以后的日子便能心安理得了。像我这样，恐怕就忙忙碌碌一辈子，一辈子碌碌无为……"你和D，还有H、L几个人，那曾是多么热闹的小圈子，你自豪地称之为"我们的沙龙"。搞画展、搞摄影小说、搞《点线画》的诗画小报……你深深了解D，他的固执是出于他好强的秉性，你知道D选择了一条更为艰难的路。

"你也是幸运的！"你对D这么说，D承认你的话。D终于被几个"伯乐"发现了一种潜在的也许算得上"才华"的东西——可你开始不明白，为什么D总只给你看他笔记本上乱七八糟的东西，那些"铅字制品"几乎不给别人看。D曾很伤感地告诉你："那怎么能称得上作品呢……"你明白了：像D现在这样当然不可能写出传世之作，以留待千秋评说。而作为一个业余作者，勤勤恳恳地写，耐耐心心地投，总有希望能发上一二吧。可尽管眼下的文艺刊物铺天盖地，而发表还是何其之难！D说过：现在一是发"题材"，二是发"作者"，探索啦，争鸣啦，绝不是我们这号人的事……哦，你同意了D的感慨：现在搞事业，在事业边缘所需的努力和代价，往往要比"事业"主体本身多上好几倍。这大概也属于时髦的边缘科学罢。

不知道为什么，原来拥挤不堪的车厢分明更拥挤了——一种声嘶力竭的叫喊声传进你的耳膜："来，买一份最新小报，《东方美人窟》——对，《东方奇案》——精彩！惊险！四角一份——对，不多了，欲购从速，售完为止——"你感到惊诧，口渴得难受的人们无法挤出去倒水，热情的列车员无法进来送水，兜售小报的人竟然有本事挤进来——大概世界上的事情都是这样，只要拼了命去干，是没有干不成的。

那声音离你越来越近了："来来来，买上一份，消除疲劳。对，《东方美人窟》《东方奇案》《东方——》……""妈的！"你在心里骂了一声，这些俗不可耐的东西，竟然也大模大样地冠之以"东方"！现在好像一切都是这样，一冠上"东方"两字，就是民族的东西。你不得不佩服那些十足的商人，他们很会利用某些领导的心理，其实后面的几个字，才是诱惑人们的商品名称，可谓煞费苦心。而真正探讨"东方精神"的艺术作品呢？

你想起你的四幅油画组画《东方之魂》（你怎么也用上了"东方"这两个字，分明有着趋时之嫌）。你的组画是由《楚乐》《汉风》、《唐韵》《宋舞》组成的。装饰性的表现手法，集中概括了四个朝代的民俗风貌。不用"东方"，还有什么更贴切的！这个题材自你进大学后就开始酝酿，特别是当你去了西安——这座我国的文化古城，一种强烈的创作欲望使你忘乎所以了。当然，你的创作态度是异常严肃的。你几乎花了整整半年的全部课余时间。你不是油画专业的。你抽了半年十分低劣的纸烟。你省下钱买了油画布，自己把它们绷上画框。你对它的命运像对自己的创作欲望同样冲动、自信。你相信它不仅仅是一般的成功，而且会引起强烈反响！除了对自己这几年学习研究古代艺术的总结，你还相信它将为你未来的事业奠下基础——可是你失望了！绝对的失望。就在全省油画展开幕那天，你不得不借一辆三轮车，将四位"失恋者"从美术馆堆杂物的小房间里拖出来，你把画反过来放在车上，灰溜溜地带回你的宿舍——说是变形太厉害了……可那些对古代艺术素有精深研究的评审委员们，难道不能看出这是从我国古代工艺品、陶器、汉砖、瓦当的图案中借鉴和启发得来的吗？连国外的现代派画家们都承认，这是源于中国绘画中的抽象表现。自己根本就不是什么"现代派"，更何况，并不是鬼画符似的抹上几笔就能成为现代派的。相反，倒是"文革"宣传画风格的油画，大模大样地陈列在展览厅醒目的地方——画画之外的努力做得太少，太少了……

那些之前在火车上比兜售芝麻糖之类的土特产更带有煽动性的叫卖声终于"挤"完了。居然有不少人在津津乐道地吸吮这种精神享受。也许明天，他们会在闲得无聊的办公室里，捧一杯热腾腾的浓茶，然后将这种东西作为新闻而大吹一通……你身旁的那位大汉也买了一份在看。使你吃惊的是，他手里拿的并不是一般的小报，而是一份很正规的文学刊物：富有刺激性的标题，竟然作为要目堂而皇之地屹立在五光十色的封面了。你没出声的"哦"了一下。你终于明白了：D为什么现在老挨退稿——D当然不会将铅印条一概贴在墙上以示对自己的鞭策，"那是青年海明威的事……我嘛，幸亏从Q先生那里学来一点'精神胜利法'……"每当你和D牢骚完毕，D总这样自我解嘲。可现在你很难估计，D会不会在你熟悉的令人温暖的小阁楼——那"沙龙"的中心呢？你已经好长时间没收到他的信了。D是必须每年外出两次的，去画沿铁路的墙牌广告……

现在，你确实感到车厢里真正松动些了。车过深夜，下去的人多，上来的少。坐在你面前小茶桌上的那小子也不知是下车了，还是找到舒适一点儿的处所了？反正，你的目光可以毫无障碍地看到对面的座位。于是你隔着小茶桌，看到和你面对面坐着的，是一位姑娘。戴眼镜的姑娘。

你在发现这姑娘捧着一册厚厚的书全神贯注地阅读时，还发现别在她胸口的一只某理工科学院的校徽。"请问，你在读什么书？"对方并没有理会。你绝对相信她是由于太专注了，不是因为倨傲。你又重复了一遍。你看到她很不情愿地将书竖起来，给你看了看封面——那是一部物理学专著。你应该承认：对方是个长得不算漂亮的女孩子。但从那眼镜片后面闪出来的目光是绝对纯净温柔的，你看不出一点敌意。大概对方只是遗憾于你这个冒失鬼怎么随随便便打断人家的读书呢？可你继续发问，你希望和人对话。

"你是N工学院的吧？"对方低下头瞧瞧自己的校徽，微微一笑。你被她笑得有些尴尬，"我也是N——"你下意识地瞧瞧胸口，你发现你灯芯绒上装的第二颗纽扣也快要掉下来了。

"你是N艺术学院的吧，我看你挤上来的。还是你们好，不像我们学理的。"你很高兴对方终于"接应"。可当你正要抓紧交流的时候，你发现她又恢复原来的姿势，一头埋进书本里去了。你明白了她的"潜台词"：我必须抓紧时间，请不要再打扰！于是，你格外地扫兴。本来你还想了解了解她们学生会有什么活动，学生中有什么新的思潮，或者就问问她是到哪儿下车……

一瞬间，你想起了Y，想起你们曾有过同坐在夜行列车上的某种温馨——

Y是你院音乐系的同学。你们是在初春的一次舞会上认识的。Y学声乐，可Y舞跳得极好，可以说和她的容貌同样漂亮。自你邀她跳上一曲"探戈"后，她就几乎只和你跳。渐渐地，你觉得舞池似乎在扩大，你搂着Y毫无顾忌地旋转、旋转……后来，你才发现，许多人退到一边指指点点欣赏着你们的"双人舞"。你记得就是从那时起，你和Y相爱了。你记得Y开始是很热烈的，你也总是很高兴地接受她的撒娇。

你有一次让Y陪着去古城墙下的一条小河边写生。你很认真地涂抹着一个个色块，Y在一旁"哩哩啦啦"地唱着。"你看那一片迷人的黛绿。"你很动情地说。

"绿就绿呗！"Y顺手抽过一支水粉笔，在你即将完成的画面上按了一大块刺眼的翠绿。你笑了："绿的层次是丰富的，不是随便哪一块都行。色彩，很有讲究的。"你还问Y："音乐里不也有色彩吗？"你记得Y随口哼了一句很流行的小调作回答。以后，你渐渐有些不明白起来，像Y这样的女孩子，跳舞时对每一支乐曲的节奏都踩得那样准，可对这些曲子本身的内容、主题、背景，究竟理解几分呢！更不用说对音乐的美学意义上的理解。

你记起Y生日的那个周末。几位同学到"红咖"（这是你们给这家咖啡的简称）为Y举行一次小型的生日庆宴。你当然也给拉去了。你喝得有点醺醺然——十余只啤酒瓶皆已荡然一空。同学们还在怂恿着Y干杯。再干三杯唱一支，也不会走调了！你望着Y绯红的脸腮，拦住了要再去添酒的人。Y却狠狠地白了你一眼："扫兴！白活在八十年代啰！"你知道自己是很喜欢Y的。你特别爱看她散着齐肩的短发，对一切都无所谓的神态——可这次你竟愕然了：难道你真让人看成不懂得在八十年代该是怎么个生活法？这次不欢而散开始，Y的赌气大于了撒娇。

你还带Y悄悄回过一趟C市，在火车上众多杂乱的目光下，Y一直很亲昵地紧偎着你。可出站后回家的路上，Y忽然提出，不要在你父母面前公开你们的关系，"就说是一般同学关系顺便来玩玩的吧！"

"这么晚了，带了个女同学，不说，爸妈也猜得着。"你一下子莫名其妙起来。

"哟，你家这么保守呀！"Y一本正经望着你。你努力笑了一笑，"以后总要说穿的嘛！"

你看见Y把短发甩一下，头别转去，"现在约束已经够多的了，怎么还能再受以后的约束！"你发现你和她的目光都同时停在路灯昏黄的光晕里。"如果你觉得为难，就不去了！"十五秒钟后，Y返身朝火车站的方向走去。你默默地跟在她后边。再一同默默地上车，默默地回到N市……你原来以为Y又是赌气，可半个月后你才知道，Y已经"赌气"跟你隔壁那一班的一个从什么县里考上的小子好上了。出乎你意料的是，你并没有感到十分的伤感，但也绝非漠然。你听说了那小子的父亲是县里的"土皇帝"，那台让宿舍楼终日不得安静的"四喇叭立体声"，正是这个"土王子"扛来的……当一个知己的同学告诉你，在银湖边看到他们手挽手——你好像只是很轻松地笑了一下。

然而你现在后悔了，真的后悔了！不该乘上这趟车！因为你的旅途上已失去了快乐的旅伴！但列车是一名忠实的使者，它必须无条件地驶向前方停靠站。

你已经不管列车的开动和静止了。你只沉默地观察车内的热气如何在黑玻璃窗上变幻成一张张抽象的图案。

忽然，你发现车厢那头有几个穿制服的人，他们手里不是提的电警棍，而是另一种亮闪闪的袖珍衡器之类的东西。他们对行李架上塞得鼓鼓囊囊的大"蛇皮袋"特别关注。许多人都被叫醒，让他们拉开拉链，检查其中的货物，还不时将手中的小东西吊起另一些东西。当然，你看到有的人就必须掏出若干人民币，换上一张小白纸条儿……你不难猜测：这是一些专门从事长途贩运和一些使他们害怕的人。当这种"害怕"解除以后，你听见有人在低声嘟哝着。有人则是默默地将包裹放还到原来的地方。

"专盯着咱们这号人，那边搞摩托车、汽车的大生意倒管不着……"

"就是么，我那小舅子一转手，就是'半条辫子'（既五千元）呢……"

"其实咱也真够呛的，不如开个小店实惠……"

这时，你突然感到一阵透心入骨的凉意！你仿佛觉得自己民族中一种固有的淳朴、宽厚，就算是一种"义气"吧，似乎都将淹没在一股不知从何处来的"物化"的浪潮中……它几乎也将冲击到不满五年工龄不能带工资的大学生身上……

你开始美慕起在C市一家纺织厂搞花样设计的H。

你知道H比D的办法大。虽然他既没有"学历"，也没有"后台"。你听见过关于H的一则传说：有一次，H到一家不算大的饭馆去喝酒，将要离开时，H硬叫服务员把经理找来。老经理以为H要对服务态度或炒菜质量发一通意见，却不料H先讲了一大堆溢美之辞，然后，指着长了霉斑的空白墙壁说，如果加以美化，定会赢得更多的顾客，最后表示本人愿以最低廉的收费为之效劳……据说，H曾以这种方式，外加一些小白棍，"笑纳"过不少店堂和橱窗的"美工费"。尽管其数目比起专业单位的标准要少得多，但干它一个星期的晚上，竟然一台彩电到手了——你知道，在原来你们几个人中间，H的绘画基础最扎实，出手又快。你遗憾的是，立志于油画创作的H，已经完完全全地在从事真正的"实用"美术了。难道就因为他刚进厂时，让书记看到一张裸体素描，而受了一次警告处分，因而也失去了考艺院的机会？还是为别的……你只是近来才知道，H要结婚了。他有一位比他小好几岁，却比他世故得多的妻子。也许，他现在在为她而奋斗？H曾说他很美慕你——"我是彻底堕落了。不像你将来名利双收呀！"将来——那起码得是将来！而现在，你只能报之以苦笑。

于是，你也决定动点小脑筋——过去早有过勤工俭学的先例，何况现在有的大学不是已印了什么"高考指南"之类的小册子让学生去推销，从而提取一部分回扣吗？你是学雕塑专业的。你还颇懂一点靠山吃山、靠水吃水的道理。你在课余搞了一批贝多芬的石膏头像——可是你过于主观地认为"老贝"是多少青年所崇拜的形象！大部分人对于"老贝"的头像，像对于"老贝"的交响乐一样失去了兴趣。代销者们需要的是哪怕走样得再厉害的"维纳斯"，更热销的是"浴女"……当然，你还总是你！至少你不会让这些本来很高雅的古典艺术品，去被一些人作另一种意义上的欣赏——你就这样败下阵来。你彻底地后悔了，而这后悔根本说不清楚。就像后悔挤上这趟车一样。

回家去看看吗？平时，除了一年两次的寒暑假，你是极少回家的。尽管你有一个多么和睦的家庭——可当一家人围桌吃饭时，父亲和母亲总是唠唠叨叨地讨论"涨价"与"工调"，总是唠叨进得少、出得多……当然父母亲是不遗余力地支持你上大学的。你只能这样解释：青年人有讨论不完的问题，中年人也该有，只是主题不同而已——弟弟总要很晚才回家的。你知道他勤勤恳恳地站上一天柜台，月底才能拿到百分之几的奖金，他还总要抽出其中一部分硬塞给你。对于弟弟，你用不着感谢。然而除此之外，你几乎没有别的什么可说。弟弟是喜欢沉默的。兄弟默默对坐，对他是一种满足……但你，总觉得难堪……

"哦，社会——我们的前方停靠站！"你记得跟几位同学在一次玩笑之余，你歇斯底里地叫喊了一声。这可是绝对贴切的。明年，你根本就没有一年了。准确地说，你只有半年零一个月就将重新回到社会。但眼前的社会与你三年前的想象是否还能重合起来呢？留校对于你，是绝对不可能的。分在N市的专业单位，你更没有这种"福分"——你已经很明知这一点。你必须老老实实地回到C市。其实三年前你离开C市时，就一心想着回来的。也许，正是为了C市，你才决定学雕塑的——你希望这古老的上城，在将来建成现代化城市时，有几尊像样的城市雕塑。从两个月前D的来信中，你得知C市已打算搞几尊城市雕塑——于是，你不由又狂热起来了。这是自你的《东方之魂》名落孙山后久未产生过的狂热！你立即着手搞了好几份造型图及效果图，你还附了一封长长的信给市政府。你在字里行间流露出你的极度的兴奋，你谈了你的设想，当然你也谈到：但愿在适当的地方"画龙点睛"，特别是规划新建筑的时候就应考虑到与建筑空间的关系，而不要附庸风雅地赶时髦……你已经无法说清这是对自己事业的热爱，还是对故乡的热爱了……

你上车就是回C市去"找"回音吧？可明天是星期天呀！

列车又渐渐减速了。这次是你清晰地意识到的。广播喇叭里女播音员温柔的声音告诉你，即将到达C市。于是，你抓了一下披到额头的长发——你总是要下去的——你已经站了起来。你决定就在前方停靠站——下车！

你是提早站起来的。同时，你希望能去找回那只被"挤"落的校徽，如果它是丢在车上的话。

白马或幻象

我的视平线
恰好是条严肃的切线

之上——蓝天
之下——绿地

可蓝天绿地，全被
一副黑色的钢窗架框住
同时也框住了我
不偏不倚
（那是帧静穆的画吗
我多次怀疑）

而这时就有一匹马跑来了
踩着我的视平线
马是白的
望望蓝天
望望绿地
踢踢踏踏地跑来又远去

我依然留在钢窗架规定的现实里
如一只挂在窗前的剪纸
……直到白马消失
天地间
我的心才艰难地走动了片刻

风

无风的日子
一位姑娘放起了
风筝
风筝漂亮似一只鸟
用一缕很细很细的线牵着
上下翻飞
时间一久
也就有了风的感觉

田野的上空好像不大
后来，她撒去那线
任风筝升腾或坠落
她张开双臂
赤足疾跑
瞬间茫然似一只鸟

这样
就更有了风的感觉

把焦虑的情绪空间「打洞」内省

把焦虑的情绪空间"打洞"内省

对于写作者来说，焦虑的情绪的确是一把"双刃剑"。

无论出于什么，或者顺心、不顺心的境遇，一种莫名的焦虑感总会时不时地缠绕着你，让你无法静下心来——这其实是一种"文学病"。浸淫在文学的世界里，就无法抗拒这种传播，也无法排除这种传染。

但，如果试着把焦虑的情绪空间打个"洞"呢，透过这个"洞"进行内省，则便是创意写作的始原。

画家莫里亚克说："我一开始创作，一切都按照我个人永不消褪的颜色染上了色调……我的人物走进了含硫化物的光线之中。这种光线是我独有的，当然我并不禁止别人有，但是非常奇怪，它确实是我的颜色。"他的"含硫化物的光线"，正是从他情绪空间的"洞"里泄漏出来的，这种属于他的"独有"，同样应该成为创意写作的"亮点"。

情绪还是有阶段性的。记忆中，我也有过异常焦虑的时期，生存的压力，事业的无助，理想的迷惘，加之多愁善感……由焦虑变得孤独，甚至深深的失落，好像挣扎在表面平静如水，暗里却是漩涡纠结的生活——这，就是《长路归家》的情绪背景。

其实小说里具体的事件、情节、细节都与我毫无关联，笔下的人物也与真实的我毫不相干，唯有关联的，只是情绪：我希望通过写作把这种情绪记录下来，并让自己的情绪得以解脱，于是我必须在这个情绪的空间上打个"洞"，借"洞"来内省，或者更准确地说，是以内省的态度来打洞。

终于有一天，我听到了一首长笛演奏曲，非常优美感人。那张CD，名字就叫"长路归家"——那一刻，我明白我长时间郁结的情绪空间找到"洞口"了，那"洞口"正汩汩流淌着如泣如诉的"长路归家"……这也便是我开始写作这篇小说创意的洞口。

音乐帮助我对自己焦虑的情绪进行着梳理与反省，尽管我写作时依然生活在故乡，但故乡忽而产生的陌生感，似乎让我倍加压抑，真的如我在小说里引用到的，是生活在"别人的城市"。

其实那是余华的一篇随笔，《若即若离的城市》，他写道："我对于北京，只是一个逗留很久还没有归去的游客；北京对于我，就是前面说的，是一座别人的城市。"这是余华当年的真实感受，他的确是从浙江小城去到北京的"北漂"。但奇怪的是，在"自己的城市"里的我，为什么也会有如此情绪？在内省中我明白了，这座城市并不是地理意义上的，而是精神的、心灵的层面上的，由于时光让社会剧变，故乡已远远不是我童年记忆中的城市，还不光是可见的城市建筑变迁，更多是在人文精神上，已并非往昔之世态了，所以它也已经是一座"别人的城市"。

是自己意识的落伍吗？是自己情绪的跌宕吗？总之，我找到了写作点，"把同自己主观意识相联的那一部分，作为自己的认识对象"（易丹语）。于是这座城市成了载体，"扬扬"和其他人物成了符号，情感轨迹成了情节线索，"我"即成了不是归人的"过客"……

当年《长路归家》发表时的责编姜珂敏先生就曾"评点"道："……且发而为一片凄丽而哀婉的细雨，倾泻在如同生活本身一般迷离而令人眩晕的稿格之中，让我们读来为之颔首，掩卷为之蹙眉，甚至可能情不自禁地要为'我'的彷徨与疲累而道出一声：是呵……"

我想，当时如果读者真有"是呵"之感叹，那便应该是创意的共鸣。

同样，超短篇《湖边》写的也是某种莫名的焦虑，或者说记忆中的焦虑感。

有两年我在南京进修，每周末傍晚要坐火车回老家。那时，文学创作并无大进，且已为夫为父，"三十未立"的失意与自惭自然会聚成焦虑。

南京的火车站广场对面，就是著名的玄武湖。我到得早了，就经常站到那湖边，伫立静思。那湖竟如生活，看去宁静似镜，却与天空中上下翻飞的鸟形成了极大的反差，这种反差正是内心的冲突。

"每一回来湖边，他都希望能遇上点什么，一桩稀奇的事情，或者，结识一位不相识的人。却十分害怕熟人，尤其担心那种在平日算不上朋友，但此时会像个知己似的同你滔滔不绝的谁……"这是文中的一段，也是内省自我情绪空间的一个"小洞"吧。

相较《湖边》的偏抽象，诗《咖啡壶》则直白许多，但情绪是一致的，也是孤独与焦虑，对友情的焦虑。

把"咖啡壶"作为象征乃一时之灵感，诗歌当然更注重运用形象思维的内省来"打洞"，但它仍然与前两者是笼罩在相同的情绪空间里的。塞林格的《麦田里的守望者》中有这样一段话，我觉得那是对这种情绪最好的也是正面的解读——

"我们确实活得很艰难，一要承受种种外部的压力，更要面对自己内心的困惑。在苦苦挣扎中，如果有人向你投以理解的目光，你会感到一种生命的暖意，或许仅有短暂的一瞥，就足以使我感奋不已。"

写作实验 III

长路归家

午后的阳光真好，窗帘上一朵朵深颜色的大花都映得透明了。当时，我和扬扬已经在床上。我们先是互相搂抱着，不发一言，继而就开始悉悉索索地折腾开来，自然预备做爱。可就在扬扬将我的头按在她怀中小憩的片刻，我，竟迷迷糊糊地睡了过去。也许是春日人特别慵倦的缘故，也许那小半杯红葡萄酒在作用，也许……但无论怎么说，我毕竟构成了一个无法宽恕的错误。

醒来的时候，窗外的光线明显消弱了许多。扬扬还穿着内衣坐在床沿上，只是背对着我。不过我可以从她那裸露的一抖一动的肩胛上看出，她在低低地抽泣。

准确地说，我肯定是让窗外飘来的一阵音乐声惊醒的。乐声还在如歌如诉地萦徊着，而且我听出来了，这正是David Sanborn作曲的著名的长笛曲，对了，它就叫《长路归家》。

我坐了起来，静静地倾听着音乐，同时伸出双手，轻柔地摩挲起扬扬的肩胛。这样，我就感觉那旋律完全渗到我心底里去了。慢慢我的手有些颤抖，还沁出了汗粒，不知道自己紧张什么。但有一点可以肯定，我愿意一直这样下去，十分担心乐声会兀然中止。曲子并不长，很自然就结束了。那时，一个古怪的念头便随之在我脑子里冒了一下，我脱口而出道："我太累了……"

扬扬这才转过脸来。她的眼睛果然是红肿的，她轻轻说了句"我俩都太累了"，就一头伏在我的胸口，再也不说什么。

我紧紧地抱住扬扬，好像有些为她能突然说出这样富于理智的话来而充满感激，又好像有某种预感似的——扬扬的身体冰凉冰凉，这使我感到意外。换了以往，她总像一个灌满激情的肉蛋，而且还非要你的激情也燃起来不可。坦率地说，我们目前已极少有这种纯粹的拥抱了，所以我不想再想下去，只是默默地让这一姿势持续了许久。但最后，我还是将扬扬的一头短发托到了枕上，我说："扬扬，你躺一会儿，我想出去走走。"

扬扬的确很累了，累得脸上一点表情都没有。

我走在街上。大概已临近黄昏，下班的行人车辆嘈杂得很，按理说，这会令人烦躁不安。或者，当我拐进一条比较僻静的小巷，在春日天暗前的某种气息中，在两个过早地着了夏装的年轻女性风风骚骚地扑面过去后，也不可能没一点想入非非的东西。可我确实没有。当时我的脑海里一片空白，耳边还是那时断时续的长笛：长路归家。我知道，先前那个闪过的念头分明在渐渐清晰起来。

我已经站在这座城市的边沿上，一条古老的运河旁。太阳落在西面，火一样的，好像把河水烧开了再汩汩地往东流来。我的思维却逆流而上，开始异常强烈地追溯起另一座已经被我淡忘了的遥远城市。

那扬扬怎么办？

其实没有风。可我一想到也许还躺在床上的扬扬，忍不住打了个冷噤。

吃午饭前，我们吵了一架。我真记不得是为什么争起来的了，反正最后扬扬涨红着脸骂了我一句眼下这个城市里很流行的粗话。如果应战，那就要钩出一大串没完没了的粗话了，我必须以沉默划上句号。接下来，扬扬就拿出两只酒杯，给我和自己都倒了半杯，我们相互望着，喝杯中的酒。那时，扬扬的眼睛里已洋溢着求得谅解的温情，然后，我们就几乎是同时站起来，走向床。

我们常常是用这种方式和解的。一钻进被窝，扬扬就像一只归巢的小鸟，揪着你叽叽喳喳地笑个不停。她的笑特别富有感染力，简直就是雨后的一道彩虹，会将先前的阴霾扫得干干净净……可今天扬扬怎么啦？她是个尤其敏感的女孩子，今天，她肯定意识到了什么……

这回真的起风了。风又把那支长笛送到了我的耳边。

但我，真的不知道该怎么跟扬扬说。

来这座城市工作已经整整五年了，现在我才恍然意识到，这是个根本性的错误。而爱上扬扬，则是错误中相当重要的一部分。尽管我还深爱着她。

九年前，也几乎是一夜之间，我成了那遥远的小山城里的骄子。因为多少年里，大概唯有我考上了江南的一所名牌艺术学院。拿到正式录取通知的那天，所有人看我的目光都明显不一样，而在我眼里，所有的一切也全然变了，甚至连终日灰蒙蒙的城市也变得鲜亮起来。在厂里做车间主任的父亲，当然不可能再反对我画画，只是他那乐不可支的神态令人吃惊。他戴上老花镜，把那张决定我命运的纸片颠来倒去看了三四遍后，说："好，好，我老脸有光了。"说着还顺手拍了一下我的头。这一拍，就让我想起了母亲。但母亲已经在另外一个世界了，这是最让我痛心而又无法挽回的事实。母亲生前从不干预我画画，相反，只要凑上她烧好了晚饭，而父亲还没下班回来的那段时间，她就会主动坐到门口的小板凳上，让我给她画像。而且每次她都是笑咧着嘴说："像，像我。"我知道，其实那时我画得一点儿都不像，可当我能够画像了的时候，母亲却再也不能亲眼看见了！

我指的画像，就是考试时那张素描。模特是位五十岁左右的妇女。我自我感觉那天发挥得特别好，可后来才听说，在我所有考过的科目里，素描的分最低。果然，最后口试时，那个给我们监考素描的瘦老头在我回答了一连串问题后，忽然说道："你的素描基本功应该可以，但怎么……不太像呢？"我愣了一下："我知道不太像的，但像我妈！"说完这话，我才顿悟到，我的母亲已经深刻地印在我的心里了，我没有办法摆脱她的形象。两个月后，除了些必需的生活用品外，我就只带了张母亲的照片，登上去江南的那趟夜行列车。

说真的，四年的大学生活直到现在，我仅回去过一趟。第一个学期的寒假一放，我就兴冲冲地往家赶，为了买票，我还在风中捱了一个晚上。父亲对我的态度已变得非常友好了，什么事都是他干，让我闲着。闲得我都不安起来。父亲也从不过问我的学业，只是到大年夜晚上，我们父子俩都把杯中酒一口干掉后，他才严肃地跟我谈了一次——而就是这一次，成了导致我大年初一便决然离去，并且至今未归的唯一理由。

当时，父亲先是教育我千万别在大学里找女同学，谈恋爱，这我能接受，况且我在这方面似乎开智过晚，人家都一对对搞得如火如荼了，只有我还在状况外呢。可父亲说着说着就有点不对劲了，他不让我谈恋爱的道理，竟是要让和他同甘共苦了多少年的另一个车间主任的女儿做我的妻子，不，用父亲的话来说，是"给你做老婆"。在父亲面前，我向来是争辩的力量都没有的，只能低着头听他说。而接下来我知道，父亲之所以如此积极地要把我的个人问题一锤定音，关键是他自己要急于续弦。说老实话，至今我也没弄懂这两者间究竟有什么必然的联系，但父亲谈的时候分明是连着的，而且异常兴奋，他这样说："好了，你的事一定下来，我也好放心，一过年，我就打算同你那个陈姨并个铺……"当时，真不知有什么东西一下子将我垂着的头拉了起来，正巧碰上父亲那醺红的眼睛。

我晓得"陈姨"是谁，就是父亲车间里的，还曾被母亲背地里骂过"骚货"的那个寡妇，甚至我也晓得父亲所谓的"并铺"，其实是早已经发生过的事了，他现在指的是结婚。我愣愣地站了起来，但还是说不出话。就这样，我的目光在墙上游移着，我想寻找原先那只镶有母亲遗像的小镜框，但什么都没有了。父亲已经趴在桌上，发出一连串满足的呼噜声，我还是呆呆地站着。就在那一刻，空荡昏暗的墙面上忽然又出现了母亲的面容。母亲朝我笑了一下，嘴动了动，然后就消失了。"妈！"我在心里感激地叫了一声，很快就冲出门去。因为我已经听懂了母亲的话，还像过去我挨了父亲打后她安慰我的那样："你喜欢做什么，就当心点儿做好了。"

后来的许多日子里，我就经常会默默地思考一个问题：像母亲这样连大字都识不了一筐的普通妇女，何以会有如此开放的思维？抑或，完全是出于一种母亲的宽容？但不管怎样，我就按照母亲的意思去做，我喜欢做什么，就是叫我自己做出选择。当然，也包括大学毕业时我选择了现在的这座城市。

应该说，我来这座城市绝对跟扬扬有关。因为此前我一个熟人也没有，当然也没认识她。我指的有关，应该理解成命运的某种安排。否则，我为什么不回老家去？那里正等着我这个出类拔萃的分子做大贡献呢；或者，我可以努力活动校方，留下来，至少能留在大学的所在地吧；再则，我也可以选择任何一个城市，要知道，早几年名牌艺院的毕业生还算得上珍稀动物——但我还是来了这个城市。不过，真要把我自己的选择强加给扬扬就未免荒唐了，我只能说，当时我的确有点喜欢这座城市，至少也是好感吧。

这是座典型的江南城市，不算太大，也不算太小，既保留了传统文化的特色，又不乏现代化气息，尤其是穿城而过的那条古老的运河，夕阳下醉人的波光，雨中散着烟气的石拱桥……毕业的前一年暑假，我曾和几个同学结伴来这里写生，它就给我留下了难以忘怀的美好印象。所以，当负责分配的辅导员拿了一张注有需要本届毕业生的城市名单，来征求我的意见时，我就毫不犹豫地朝第三个指了指。我怎么可能预料到，自己指的就是如今让我"太累了"的这座城市呢？

错误往往是从根本上就开始了的，问题在于你当时也根本无法察觉。当同学们都像被捅了窝的黄蜂那样，为自己的前途四处乱飞着活动时，我在这方面的弱点其实就已经暴露无遗。那一阵，我天天躺在宿舍里睡懒觉，翻杂书，很自信地认为命运不会太亏待我的。最后，果然还为这一天意的安排窃喜了好些日子：去写生那回，我也顺带参观过这座城里气派的画院，哪有什么理由不给油画专业的高才生一间工作室呢？理由当然是有的。去人事局报到那天，胖胖的调配科长还没听完我的意向就连连摆手，却自己滔滔不绝地讲起来，主要内容是介绍那座很气派的画院如何如何诞生，而之所以诞生，又主要是因为市委分管文教的副书记如何如何的关心……讲到最后，胖科长才用一根中指反复点着我分配表格中的某一栏，明确表态："那里面，没有画油画的。"终于又轮到我说话了，我说："为什么没有画油画的呢？"胖科长这倒一愣，但马上不耐烦地晃晃脑袋："大概他不喜欢油画。""他"肯定就是副书记。糟了，市委副书记不喜欢油画，这倒是我始料不及的。不过一般说来，我还是个随遇而安的人，所以接下去，我也没再寻根刨底地提出副书记为什么不喜欢油画之类的问题，而是欣然接过了去报社当美编的介绍信。临出门时，胖科长站起来，带有鼓励我"好好干"含意地拍了我两下，我居然还一连说了好几个"谢谢"。

报社怎么就需要画油画的呢？一路上，我想到这个问题就觉得好笑。但我已经懂得报社是很重要的机构了，胖科长不是说了吗，"一般人是进不去的"。那时这座城市里就只有我们一家报社，而报社唯一一位美编不仅远远超过了退休年龄，并且经常由于喘不过气来要住医院，所以——"版面上难免要美化美化，就只好我亲自动手对付了，当然，你来了就好。"总编接待我的时候，就是这样说的，同时他还把一大叠报纸塞到我面前。我随便翻了翻，就禁不住笑了一下，总编马上看出来了："有点像黑板报的报花吧，就是，我还是当年搞大批判时学的一手……"我知道自己这一笑很不应该，但老总编是个大度的人，从那天起，他就比我父亲还要认真负责地关怀着我的成长。

可惜好景不长，两个月后，老总编说退就退了。或许这也是他所以宽容大度的内在原因吧。当然这已同我没什么关联了，我要面临的是，如何使新总编铁青的脸上整天蹙紧的眉结舒展一下呢？新总编当然不是一下子脱颖而出的，他在这方面所做的艰苦努力，只是我不了解而已。我只知道他之前是农村部的主任，要说交道，也仅有一次，不过那一次我们的确都搞得不大愉快。农村版面上一般是不大有用着美编的地方的，那回，只是因为一篇采访养猪专业户的报道缺了张照片，他才来找我配插图。应该说，我进报社以来，大大小小每一桩事情都会尽力去完成，自然也包括这一次。可等我将那张费一晚上画出的插图，送到原先的农村部主任面前时，他的眉头分明又蹙在了一块，他说我画的猪比例不对。"怎么会不对呢？我是写生过猪的。"我争辩道。他没跟我多罗嗦，就那样看了我一眼把画搁一边去了。我本来还想说什么，一位和我同时分配来的记者上前把我拉走了，"你争啥，他是老三届，在乡下养过猪呢！"说完，还诡秘地笑了笑。我一下子茅塞顿开了，猪的比例在其次，问题是我做人的比例没掌握好！当然，也就是对这位新总编的比例也没掌握好。他的气度比老总编要小得多，自然要整治我，开始大会小会找我的岔，接着又逐步将美编的大部分工作量，发外加工给他在中学当美术教师的老同学那儿去。我明白了，这是信号。终于，在一个我通宵失眠后迟到了四十五分钟的上午，在总编办公室肃穆的气氛里，我写下了仅三行字的辞职报告。新总编接过我的报告，长长地舒了口气，我知道，在这一个问题上我们其实早就心有灵犀了。

遗憾的是，就在我离开报社的第三天，新总编就住进了医院的肿瘤病区，听说是肝癌晚期，又听说他的情绪一直就不大好——当然这与我不会有任何关系，但我的心情还是莫名地沉重了好些天。一旦医治无效，那不就属英年早逝吗？这样我又不自觉地暗暗忆念起他的诸多优点来，譬如他的吃苦耐劳，他的不苟言笑，甚至包括他那紧锁的眉结……可关于他的讣告还是很快在报纸上登了出来，快得连我想去医院看望他一趟都没来得及。因为那一个当口，我的头等大事是必须尽快解决生存问题，也就是说，我已经丢了工作，应该赶紧找个吃饭的单位。

好在我在报社待了一段时间，社会上就多少有了些朋友，再不是像刚来这座城市那样两眼一抹黑了。有一个搞写作的朋友就挺帮忙的，他把我介绍给了他一个搞电脑公司的朋友。这位朋友姓高名亚，又折腾电脑，大家干脆就把他叫成了高压电。高压电是老板，技术上也比较精，但目前他正亟需一个能搞创意和设计的，这个位置自然就非我莫属了。那天晚上，高压电请我和那个搞写作的朋友吃了顿火锅，他一边涮着一大筷羊肉，一边就眯着小眼睛看我。看了一会儿，羊肉也涮好了，他说："就这么定了吧，每月我给你两千。"我还没来得及表态，搞写作的朋友就马上说道："行，我这个朋友主要是干事业，这方面不会太计较的。"他说的"我这个朋友"就是我了，我连忙点了点头。

在高压电的公司里，我一干就是三年。总的来说，彼此相处得还可以，当然小不愉快也在所难免。譬如，我已经知道了自己所创造的价值，要远比他给我的报酬高出许多倍；譬如，在我情绪极差的情况下，他还要求我通宵赶出一张设计稿；另外他特别喜欢女孩子，一个月里都会像走马灯似的不停地换，而且他在女孩子身上出手尤其大方，真有点一掷千金的味道……当然，这全是些小事，并没有影响我同他的合作。

但问题就出在我自认为的这个"合作"上。那天傍晚，我刚好闲着没事，就跟电脑打起牌来。一连打了六局都没过得去，我的心情就不太爽快。正开始打第七局，那个写作朋友就匆匆忙忙地赶来了。我已经有好长一段时间没见他，只知道他在搞一本书，他来就是告诉我这本书已经搞定了，一切由出版社负责，只是他信任我，非要让我来设计这个封面。望着他猴急的样子，我答应明天一早就交样，他才又兴冲冲地忙别的去了。胡乱吃了点东西，我就坐在电脑前给他设计封面。我想了好几个方案，但似乎都不满意，直到快午夜一点，才终于来了灵感。制作是顺利的，可为了确保质量，我反复调试了色差，先后打印了三张。这时，高压电忽然回公司来了。

满脸彤红的高压电搂着两个妖形怪状的女孩子推门进来的时候，最后一张样稿正从打印机里徐徐输出。高压电一眼就看见了它，走上前，耐着性子等最后一道颜色扫完，就一把扯下来看看，同时他还看到了边上的另两张彩样。高压电的舌头明显大了，他愣愣地望着我："他让你搞的，怎么也不跟我打声招呼？"我说："他很急，你又不在。"高压电把那两张抓在手上，"那你怎么跟他算的？""什么怎么算？"这回，我愣住了。想了想，我才多少有些领悟他的意思。"你们不是朋友吗？""朋友——"高压电的声音很响，把那两个妞都吓了一大跳，"亲兄弟还明算账呢，这小子！"说着把三张样稿一齐朝我面前一丢："你接下来的，你给他算吧。"然后，他又喷出一大口酒气，转身挽起两个小姐去隔壁的房间了。

我不知道他的"这小子"指的是我，还是我们共同的朋友，反正那一刻我内心意外地难受。我默默地收起样稿，关上电脑和打印机，再关上灯和房门，悄然走了出去。背后，一阵阵淫荡的调笑声还在传来，高压电那双色迷迷的小眼睛可从来没像这回那么令人厌恶。我的情绪已败坏到了极点。我清楚，我们之间的关系已到此为止。

　　隔了一个礼拜，高压电来找过我一次。他当然不是再来指责我的，但也没有为自己过分的言行表示歉意。他只说那天多喝了点酒，接下来就显得很坦然地给我讲道理。他说朋友是朋友，业务是业务；他说一旦涉及经济往来，每一笔都要弄清楚；重点他是谈了我俩的定位："你跟我，应该说技术上是一种合作关系，但行政上我是老板，你毕竟是伙计，而且你的电脑操作能力是在我这儿掌握的……"我不能否认他讲的这些道理是符合经济社会的辩证法的，况且，我也明白他之所以讲这些道理的主题还是在挽留我，但是我更了解自己，我绝不可能再坐回到他公司的电脑前了，我的感情已经受了伤害，哪怕是误伤。起先我一直沉默着，最后，我说："没什么，我只是太累了，想调整一下自己。"听了我这话，高压电也没再勉强，他站起来同我握握手："也好，现在我们又是纯粹的朋友了，以后有什么事尽管来找我，包括你还愿意再回公司——技术合作。"说完，他就彬彬有礼地走了。

　　后来有一次，我把高压电最后讲的几个意思和我自己说的话，告诉了那位写作朋友。他一听，就冷笑起来："他最担心的，是你去别的公司干，你这么说，他当然也不会强求。"接着，他又说："现在可不比三年前啦，什么创意，什么电脑设计，阿猫阿狗社会上有的是，你还调整个逑！"可我说的确是实话。那一阵，我的心情已经糟透了，我绝不可能去别的公司，但也不知道自己究竟干什么好。我真的需要好好的调整一番。

　　谁想到，这会儿就出现了扬扬了呢？

　　我们是在一个小酒吧里认识的。

　　说起来也很偶然。那天晚上，我在街头的大排档吃了碗面条，就开始漫无目的地乱逛。真的，那一段日子我真的感到异常的孤独，就好像一个溺水者，在茫茫无际的海洋里挣扎，想拼命抓住什么，可什么都抓不到，况且我根本不知道我该抓住的又是什么东西。当然，我已经三十出头了，这孤独里性的苦闷分明也占有很大的成分。夜里一躺到床上，浑身就火烤的一般，喉咙、鼻孔、手心都在窜出热气来。但我目前在这方面还是一片空白，之前也从未有过任何异性的朋友，只是对异性的向往，不，也许仅是生理的欲望变得难以抑制，甚至，我对一向讨厌的很暴露的好莱坞艳星照产生了好感。怎么办呢？我简直快成郁达夫小说里的"偷窥者"……这样想着，我刚好转过一个街角。不远处的大钟敲完九下时，忽然有人在叫我的名字："张鸿军，张鸿军——"我抬头一看，是唐庆。

唐庆也算我在报社时认识的朋友，当时他在市政府下面的一个部门工作，喜欢搞摄影，所以也经常来我们办公室。大家比较谈得来，就熟了。不过，我离开报社后，就只在路上碰见过他两三回，也只是匆匆打个招呼。唐庆叫我的时候，就站在那家装修得有点日本风格的小酒吧门口。他笑眯眯地说道："张鸿军，进来坐坐，这么忙干吗去！"我朝透着暗红光线的毛玻璃移门看了眼，心里倒忽然有种进去坐坐的欲望，但我猜想里面的消费一定很厉害。

唐庆大概看出了我的犹豫，又笑起来："放心，不要你埋单的，它现在姓唐。"果然，那挑着的一盏椭圆灯笼上，有个黑底白边的唐字。

"怎么，你现在——"我有些惊讶地看着唐庆。

唐庆说："我怕是发育最迟的下海者，不过，机关是没啥好呆的了，就承包了它，装修时我还想请你帮忙设计呢，可又没找到你——"说着，他就过来拉我："快，进去看看，效果还行吗？"

里面的光线较暗，其实也看不清什么，我说："不错。"然后，我们就靠在吧台那里闲聊了一会儿。突然，唐庆将脸凑到我耳边，小声说："哎，听说你现在都没有女朋友，怎么——""这两年一直瞎折腾，没机会嘛。"我怕唐庆会说什么难听的话来，就赶紧打断了他。

"嗨，机会还会没有——"唐庆狠狠地拍了一下我的肩膀，顺手朝前面一指，"那不就有个小姐，几乎天天来的，看样子寂寞得慌，走，我来给你搭搭线。"

我朝唐庆指的方向看了看，是有个独坐的倩影，但具体的一点儿也看不清楚。

唐庆说："粗看是一般了些，但很经得起推敲，肯定对你胃口。"

他说得那么肯定，我倒反而怀疑起他有什么居心了。我说："别是鸡吧？"

唐庆一听，一下子笑出了声，又连忙压低了摆着手："老兄你真是，也不看看我唐某是个追求品味的人，这里健康得都是公安局的信得过场所了——"说着连推带搡地直逼我往前去，"走吧，过去坐着聊聊天，又不做什么。"

这里就一定要用到"缘分"这个词了。腿长在自己身上，进退或者原地不动，都是我选择的，而当时分明是我在低沉的萨克斯音乐中，走到了那张小圆桌旁。

"扬扬——"唐庆礼貌地招呼了一声，又随手将一盒扁三五放在桌上。

那个叫扬扬的女孩子原先一直低着头，在用一把小汤匙不停地搅着杯中的咖啡，看到唐庆塞过来的烟，她才抬起头来："唐老板，今天请客啦？"

唐庆笑着："请客，全我请了。"然后又赶紧指指我，"扬扬，我给你介绍个朋友，张鸿军，画家。"

扬扬又朝我点了点头。我记得，当时她的表情很淡然。

唐庆这就拉着我在圆桌边坐下，接着拆开烟，给我、扬扬和自己都发了一支，然后再拿打火机分别让大家点上。趁唐庆替扬扬点烟的当口，我倒是留心看了她一眼，果真是属于娇小玲珑的那种，年龄恐怕也不会超过二十二三岁。唐庆问我要什么，我说："就一杯淡茶吧，我会失眠。"唐庆自己又要了一杯咖啡，还有情人梅、开心果、口香糖什么的一大堆，然后同我们嘻嘻哈哈胡侃了一通后，说："我那边还有点事，你们接着聊。"就站起来，回吧台那边去了。

唐庆一走，我就一下子手足无措了，尽管扬扬给我的初步印象不错，可我真的不懂该怎样讨一个陌生的女孩子的喜欢。扬扬也收住了笑，又开始玩弄起那把小汤匙来。

我求援似的朝吧台那边看看，唐庆其实什么事都没有，他是想成全我，所以又远远地做了个类似鼓励我的手势。我想了想，说："你跟唐庆很熟？"

"他是老板，我来得多了，也算熟人吧。"扬扬呷了口咖啡，"你呢，是朋友？好像以前没见过你嘛？"

"是啊，今天还是第一次，刚好在门口碰见的，平时我不大来这种场所。"

"不喜欢？"

扬扬这么一问，我就感觉刚才末了的一句有些失言了，我只好说："也不是的。"

"那又为什么？"

扬扬侧着头，带一丝微笑望着我。我想至少她已经对我产生好奇心了，但我真的不知再怎样回答这个问题。最后，我憋了口气，说道："我消费不起。"说完这话，我想得赶快换一个话题了。但我担心的问题还在继续下去，扬扬依然微笑着问："不说你是画家吗？画家一般都是很有钱的？"

这一下，我完全怔住了。倒不是关于钱不钱的问题，而是"画家"两字在她的嘴里说出来，使我大脑都"轰"地一震。当时的感觉，就像你在做一件不光彩的事情时，而突然有人用你乳名对你大喝一声那样——我嗫嚅说道："我算不上画家，而且现在早就不画了……"那时，我真有点恨唐庆，他简直是在给我玩一个尴尬的对话游戏，看我出洋相，看我彻底失败，并且我更担心对面的女孩子还会问"那你干吗不画呢"？或者"那你现在做什么"？等等，等等。

好在扬扬也随之沉默了。她垂下一头短发，像在漫不经心地聆听那舒缓的音乐，又好像在作一种冷静的思考。但不管怎么说，我都必须尽快结束这场游戏了。可就在我下决心准备起身时，扬扬忽然又抬起头来："能让我看看你的画吗？"

"对不起，"我只好照实说了，"现在我真的不画了，工作以后就没像样画过，还是在学校的时候——"

"那就看原来的好了。"扬扬打断我说。

"那只是些作业，你不会感兴趣的。"

扬扬笑出声来了："你怎么知道我不感兴趣呢？"说完，她还用刚才的姿势看我。

我没想到眼前这个小女孩会如此固执，但又被她可人的笑声所感染，便应付道："好，等以后有机会，一定让你看。"

"为什么要等以后，我现在就想看。"这回，扬扬可是认真了，大概看我顿时慌乱的神态，她又说，"你叫张，对，张鸿军，你肯定不了解我的性格，我想做的事情是一定要做到的，而且是马上做到。"

当时，我的确慌了。绘画作业是有一部分，现在还压在箱底里，但我目前的住处是绝对见不得人的——离开报社的集体宿舍后，我就在一条小巷的老式院落里租了人家原先堆放杂物的一个小间，那一片狼藉的屋子，那散发的陈年霉味，像扬扬这样的女孩子怎么走得进去呢……可扬扬已经站起来了，并且不由分说地拉了我一把："走呀！"

我简直吃惊得一塌糊涂。她根本就不了解我，既不知道我的过去，也不清楚我的现在，坚持要这样做，难道完全出于好奇心的驱使？我恍然有了种隔世之感，如今的女孩子啊，真是本荒诞派小说。也许，也许她是单纯的，而我想的太多……可事实根本不容我多想，扬扬已经用她带点温热的小手抓住了我的，把我带出门去。

比我还吃惊的还有唐庆。望着我们就这样出门时，他的嘴巴都好像张大了。也难怪后来这小子总在朋友面前给我胡吹，说我看不出，其实是情场老手。弄得我实在有口难辩。

很可能我的居住环境跟扬扬想象中的距离不大，所以她并没有表现出过分的惊异，只是在进门的时候小声问了句："你现在做什么？"我苦笑了一下，说道："我已经丢了两次工作，现在什么都不干。"扬扬"哦"了一声，就开始帮着我翻箱倒柜地找原先在学校画的那批素描、色彩写生，以及部分油画习作。当然，后来我才体味到，她那一声轻柔的"哦"其实意味深长。

说老实话，我这个鬼窝还是头一回有异性来，所以总觉得一种淡淡的馨香在若有若无地漂浮着。我紧张起来，不知道下面还会发生什么，但头脑里却又是一片真空。

昏暗的灯光下，扬扬跪在地上，一张张地看我的画。她看得极专注，就像儿童在看一本神往已久的动物画报。她的身影在墙上晃来晃去，真有点让人心动。可这过程中，她始终没说一句话，连目光都没游离过，直到最后缓缓起身时，她还留恋地望着那张紫色调的风景写生，喃喃说道："你画得这么好，真可惜了……"可还没等我反应过来，她已经很快站在门口，她对我说："我走啦，下个礼拜见！"说完一开门就走了。当时我真不明白这个叫扬扬的女孩子究竟在搞什么名堂，只是她说"下礼拜"的时候，眼里闪过一点晶亮的东西让我记住了，我相信，那是她的承诺。

扬扬没有食言，星期一上午，果真她就出现在我的面前。当时我还蜷缩在被窝里睡懒觉，扬扬在外面敲门，差点敲得那扇小门都摇摇欲坠了。等我懵懵懂懂地披上衣服去开门，扬扬一把拖住我就要走，她说："快，我带你去个地方。"扬扬的脾气我已经领教过了，不需要多问去哪儿或为什么，但她一脸异常兴奋的神态，还是让我略感意外。我赶紧刷了牙，擦把脸，就跟她出去了。

扬扬带我去的地方，就是城外大片菜地边上一排平房中的一间。我们进去的时候，阳光正好，眩目得让人一下子看不清什么。扬扬只顾"咯咯"地笑着，然后就用某种期待的眼光望着我。等我定了定神，眼睛适应了些，这才大吃一惊：临窗是一张特大的桌子，桌面上放着一堆颜料和画笔之类的东西，后面一顶空着的大书橱，屋子中间撑着一只大画架，地上还有一大卷油画布……"这是你……"我本来想问这是你家，想想不对就刹住了话。扬扬又笑了："这是你的画室，怎么样？"

我的画室？一瞬间，我简直就像一个已经失去记忆的人，而又突然被一种遥远的呼唤惊醒了一样，说不清是紧张，还是激动，反正身体都微微颤抖起来。扬扬说："隔壁还有个小间，里面有张钢丝床，还有些食品，你吃住都可以在这儿。"

应该说，这一切正是我梦寐以求的，可它由一个才刚认识的女孩子来提供，实在太令人费解了。我当然不能胡乱猜疑她会有什么企图，但还是莫名其妙地呆站着。扬扬不让我再说话了，她一下子将小手捂到我的嘴唇上："张鸿军，你什么都别问，从今天开始你就在这儿画画！"

我显然没有足够的勇气和理由来拒绝她。真的，就是从这天起，我终于在"我的画室"里正儿八经地过起了职业画家的生活。

必须说明的是，有关扬扬的背景情况我至今无法向读者作过多的交待，并不是我要人为地隐瞒什么，而是我们之间已有约在先。

由于很久没画画了，开始的一个礼拜，我觉得极不顺利，风景、静物、人物，一概机械得半点感觉都没有。别说刮刀老跟我较劲，就连手也僵硬了。那天扬扬来之前，我就在一阵阵难以排解的烦躁中，用画笔的另一头在那幅铺了大半底色的画布上，一口气连戳了好几个窟窿。然后，跑进小房间，满腹沮丧地倒在了床上——那时我知道扬扬已经站在门口了。

我一动不动地仰视着天花板，我说："扬扬，我一点也不行了，让我自己都失望……"扬扬的眼里其实已噙着泪，但我没有看见，只听她在小声地说："我信你，你会找到感觉的，真的，我信……"接着，她就一下子扑到我的怀里来了。这是一个让人猝不及防的举动，我努力将身体撑起些，双手也不自觉地搂住了她。扬扬把头深深地埋在我胸口，那淡淡的馨香又好像一点点渗入我的肌体。但我一点杂念都没有，反倒平静得让自己也吃惊。就这样，我们默默地相拥了许久，扬扬又忽然在我怀里笑着抬起头来："张鸿军你说实话，那天在酒吧，唐庆是不是有意让你来泡我的？"

她这么一问，我的脸就微微发烫了，便似是而非地摇了摇头。

"还不肯承认呢，我看得出，你喜欢我对吗？"扬扬说着，调皮地观察我的表情。

我想我当时的窘态一定很可笑，但假使用语言会显得更蠢。当我们再一次拥到一起时，扬扬分明将我搂得很紧，接着，我们都开始情不自禁地寻找对方的嘴唇——就是那一刻，我所有压抑了很久的情欲，都让扬扬娇小圆润的身体激发了，我变得粗暴地扯开扬扬的衣裳……终于，在那张小床上，我们都涨红着脸，完成了爱的最高仪式。

当然，我还是第一次真正接触到女性的胴体，一切都显得笨拙而急躁，虽然扬扬在努力配合，可效果还是不太理想。但我们在精神上达到的一种融合，真是到了忘乎所以的地步。这种投入，消耗得我们精疲力竭，事后我们并排躺在那里，过了好一会，扬扬才轻轻地给我说个故事。

扬扬说，有个女孩子曾经爱上过一个画家，她把什么都给了他，但后来她发现这个画家的画其实很臭，他在画家圈子里只是个画商，而在商人面前又充画家，最后，为了换一张护照，他甚至要把她借给老外朋友去当模特……

说这个故事的时候，扬扬脸上一点表情都没有。但我肯定，故事里的女孩子就是她。这时，扬扬已经坐了起来，她一边穿好衣服，一边就郑重地给我讲了那个约定："以后，你愿意怎样都行，只是有两点你必须遵守。一，不要问我的过去，以及我的其他事情；二，请你千万别提到婚姻，因为婚姻就像职业，而爱情是事业，是两码事。好吗？"

我木然地点了点头，扬扬却高兴了，又侧过身来吻了我一下。我忽然愣愣地说道："那你爱我什么？"

"坦诚——"扬扬似乎是脱口而出的，"头一回见你，就知道你从不会修饰自己，现在我懂了，坦诚是男人最有魅力的地方。"说着又"咯咯"地大笑道："你呀真是的，居然会跟一个刚见面的陌生女孩子说自己消费不起，可是——我喜欢！"

"是吗？"我一想起那晚在酒吧的情景，也跟着傻呵呵地笑了一下。

也许灵感真要在遭遇激情中来临。随着我们一次次狂热地做爱，我笔下也出奇地顺手起来。整整一个夏天，我几乎闭门不出，画了一大批大小不等的风景和静物油画，其中还包括那组使我挺得意的《玄鸟系列》。扬扬已全然充当了我经纪人的角色，尽管她还在一个报酬不菲的大公司里上班，但只要一下班，她就四处乱跑，发疯似的从报刊上搜罗那些无论是美协、艺术馆、某某杯大奖赛的参展赛启示。她还找来一位专业摄影师，把我的画全部拍成八寸彩照，分别装了好几本影集……应该这么来形容，我们都已经投入得不可自拔。

但接下来的事情就不那么顺利了。半年中间，我的作品好像每次都名落孙山，有的是先将照片寄去，那就如泥牛入海、杳无音讯；有的直接送画，可结果往往是扬扬找三轮车运到火车站，办好慢件或快件，然而过了一段时间，她又得再找三轮车将它们从火车站运回来……我真不明白问题出在哪里。仅有一次，几张照片不知怎么辗转到了我一位办画刊的老同学手中，才有了回信，信上说我的画不错，准备发一组专题，但照刊物的规矩要适当付些版面费。幸亏这封信是我先收到的，趁扬扬回来前便用打火机点着了，我对烟缸里的灰烬说了声，去你妈的蛋！

后来，我对扬扬说："我不画了吧，找点别的事干干。"

扬扬居然娇嗔地白了我一眼："那怎么可以，我不能眼看一位天才天折！"真奇怪扬扬一点也不灰心，依然用她的激情来感染我，鼓励我，并且又忙着为我的画找新的出路。

那天，扬扬一回来就兴奋地告诉我，今天她在公司里碰见了一位台湾老板，他喜欢画，在看了《玄鸟系列》的照片后，答应五万人民币将这一组全买下来，只是提出要看看原作。扬扬起先还担心我舍不得，就说："我相信你会画出更好的。"我虽然对这组画确实很偏爱，真有点不忍出手，但毕竟是五万，我不能总这样心安理得地吃白饭吧。我答应了，扬扬也挺高兴的："那明天你稍微收拾收拾，我带他来看。"

第二天我没敢睡懒觉，一早就爬起来整理房间。黄昏前，我还出去买了些熟菜，然后在桌上摆好，开始静静地等扬扬带那位台湾老板来光临。直到天都快黑了，扬扬才独自推门进来。一看她的脸色，就晓得事情不妙，我便安慰道："不买算了，我本来就不大舍得呢。"可扬扬还是不吭声。过了好一会儿，她才眼泪汪汪地说："他说买是可以的，画就不要看了，甚至给不给都无所谓，只要我愿意当他大陆的秘书……"我一听，就什么都明白了，就狠狠地吸了几大口烟，我说："扬扬，我真的不想再画了，我能干别的事。"这回，扬扬看看我，像闯了祸的小孩那样自己抹了抹泪水，低低地说道："那就不画了吧……"停了停，又过来趴在我的肩上，反像哄孩子似的说："等以后有机会再画。"扬扬，你真不知道，可怕的是我的感觉在一天天地磨钝，一天天地流逝了啊！

现在，我真正意识到了，要不画画我简直百无一用。为了让我排遣，扬扬买来了一大堆画册和CD，这样一来，我每天的日子就基本都在床上度过了。我就越发变得烦躁不安。除了晚上继续做爱，白天我同扬扬的话也很少，不是我故意不理她，而是我们已经学会了争论，我害怕为一个没有实际意义的话题而无休止地讨论下去……那已是深冬时节了，我也尝试过离开扬扬，可根本做不到。我发现，我们彼此都离不开对方，不管是情感，还是性。但随着我脾气日益见坏，扬扬也终于变得乖戾而喜怒无常。那天，她本来兴致很高，硬把我拉去一同参加她同事的婚宴，可当新郎过来敬酒时，对我开玩笑地说了句："你也好算我们公司的女婿了，什么时候喝你们喜酒啊？"扬扬竟脸一板，拔腿就走，弄得人家一脸难堪。我赶紧去追扬扬，她没好气地说："叫你别提到婚姻的！"我分辩道："又不是我提的，再说那女婿俩字我听着也挺刺耳……"扬扬根本不睬我，只顾气呼呼地独自往前走。直到天快亮的时候，我刚迷迷糊糊要入睡时，扬扬又浑身一丝不挂地钻进我的被窝，用两根藤一般缠住我的手臂诉说她的渴望……后来一个阶段，我们往往都是冰凉的感觉开始，到大汗淋漓为止，往往也就这样原谅了对方……

　　昨天晚上，我们胡乱吃了点东西，扬扬忽然提出去外面走走。我内心有些不愿去，因为前两天意外地收到了一个画展的通知，当然也不是什么正儿八经的展览，它的名字叫D.M.装置拼贴艺术角，一看就是几个很前卫的小年轻哄起来的，但不知怎的我竟会产生一种参与的强烈冲动。白天，我已将还剩下的六七米长的油画布，全部用黑颜料掺了沙粒刷成粗糙的底色，只是拼贴什么还在构思——可扬扬说，今天是情人节，我还有什么理由不陪她走走呢？

　　我们默默地走着，走了很多的路，从郊外一直走到市中心了。但一路上我们基本上都没说话。市中心灯红酒绿，满街都是叫卖玫瑰花的小孩，这点过节的气氛不禁让人依恋，而且我从扬扬的眼神里也看出来了。那时，她已将头偎在我的胸前，轻轻说道："前面就是我们相识的那家酒吧了，去坐会儿吧？"我也可能因为这一刻极不愿见唐庆的缘故，就随便地摇摇头："算了，再走走吧。"刚走出几步，一个怀抱一大束红玫瑰的小男孩径直朝我们奔来，我记得当时扬扬是好像期待地望了我一眼，可我还是挥挥手打发小孩走了。而这时我才意识到，今晚出来又犯了个根本性的错误——扬扬终于站了下来，用一种面对陌生人那样的眼光瞪着我，眼里的泪水已像断线的珠子般无声地往下直掉："张鸿军，我恨你，情人节你连玫瑰花都不愿给我买一枝，你这个白痴！"扬扬的声音很大，引得路人全朝这边看。我也火了，我想我真正发怒时的吼声一定比她还响，我说："我吃情人的，喝情人的，情人节再拿情人的钱去买花送情人，那才真他妈的白痴！"我的话一完，扬扬彻底哭出声来了，接着就一别脸，带着哭声朝夜色迷蒙的那一头跑去。

　　那一夜，扬扬没有回来。我是独自走回去的，路上我就为自己丧失理智而深深懊悔了，但我知道这一切是必然而无法挽救的。在画室里，我一边等着扬扬，一边开始制作那幅拼贴画。我翻箱倒柜地找着材料，忽然，抽屉角落里好几盒名片刺激了我的灵感。那都是我没用过，或只用过几张的白色小卡片，上面分别印有报社美编、高压电公司设计师，以及后来扬扬专门替我印制的油画家的。我就一下子抓在手上，沿着那长长的黑色画布撒落下去，顿时，它们就如一道没剪好的白带在艰难地向前伸展。我把它们一一黏贴好，再用透明的调色油在上面刷了一层，一个既具体又抽象的名称油然而生：路。等把这一切都做完，我也就平静下来了。我点了支烟，静静地看着我的"路"，许许多多的事似乎在一瞬间想通了。我知道在这座城市里，也许所有的人都对我不错，人事局的胖科长，报社的老总编和新总编，高压电，唐庆……当然还有我的扬扬……可我总像被这城市挤压着，挤得连一小块立足之地都没有……想着想着，我忽然就记起那个写《活着》的余华说过的一句话来了，他这句话分明是说给我的，他说："这是一座别人的城市。"

现在我已经离开了运河边，好像在有意无意地朝火车站的方向行走。上午九点左右，扬扬回来了。她回来本身就是和解的标志，可没想到，我的那幅《路》又成了导火线……可我真的累了，连吵的力量都全然丧失。此刻，我真的是往车站走着，我什么都不需要带，什么都不属于我，只要衣袋里母亲的那张照片就够了。近来一段日子，我又常常对着母亲说："妈，你儿子真的太累了，他想回老家了，好吗？"可这回母亲无言以对。我买了一张距终点站最遥远的车票，开始朝候车室走——我也真的不知道该怎么跟扬扬说。骂我吧，当你看了我悄悄留在桌上的那张纸条，骂我伪君子，没出息，不负责任的男人……但我必须离开你了，你需要好好休息，你是属于这座城市的。我已经随着大批的旅客涌进入站口了，站台上的广播里居然又是那首长笛，但我其实并不知道我该在哪一站下车，也许这又是一次错误的选择，也许，我要的家只在永远的长笛声中呢？对了，我想起来了，我留给扬扬的纸条上，就是抄的这样两句诗——

我达达的马蹄是美丽的错误
我不是归人，是个过客……

湖边

那湖居然是红的。

夕阳在一个看不见的地方挣扎着跌下去，殷殷的血色，一半留在天际，一半便给了湖。

躺在车站广场前面的黄昏的湖宁静如镜。那几抹红浮在水上，不沉，亦不漂。像美人梳妆时不当心落上镜面的胭脂。水不扬波。天十分空旷，因空旷而显得遥远。天空与湖面于是就成为两块寂寥的平面，于是，这当中也就有了一个更加寂寥的空间。

这时他看见一群鸟。鸟在盘旋。

他又站在那湖边了。

也就是说，他又一次来到了那车站，等待那趟将他送往另一个城市的列车。他记得车厢内总是拥挤不堪，有一回竟然挤得连厕所也去不成……但他，总要提前许多时间到达车站。

因为这车站的湖。

现在，那只只装了一本杂志的帆布书包已经垫在他屁股下面了。那是本通俗期刊。他不明白刚才为什么会去广场上的灰色小亭把它买下来。好像是太闷热，口干得要命，要去喝一瓶橘子水的，但是卖橘子水的老太居然连一张十块钱的票子也找不开——好像是为了换零钱，也好像是为了那只过于空瘪的书包——可等他买了杂志回来，橘子水的小摊已移到另一边吆喝去了。现在，也就是在湖边坐下之后，他就将两眼眯缝起来，用一种迷蒙的目光去眺望湖的另一边。

他有些奇怪，对岸怎么会是紫黝黝的一片了呢？不过这颜色很让他沉醉。

他必须到湖边来候车。他知道，自己必须用相当的时间在这里，饱饮了对他来说是一种奇诡而丰满的湖气，脆弱的心室才有可能去承受后面的嘈杂的压迫。每一回都是如此。

可这次，他意外地发现了湖上的鸟。

那是些黑翅膀的飞行物。他不识鸟，不知道就把它们称作玄鸟是否恰当。鸟们自然也不认识他。只在天空与湖面之间拼命地飞来飞去，却飞不远，仿佛湖心有个神秘的磁场。

23只，不对；是32只，也不对。他数了数，但数不清。鸟们好像异常焦躁，快得搅成了几个球。天上和湖上的那些红已悄然隐去，两者的距离渐渐消失。终于，水天一色。他清楚，在往常他就该起身朝检票口的方向去了。

然而，他还在看鸟。他想等鸟们一同离开。鸟不知道，还是纷乱地飞，如一朵一朵古怪的浮云。

湖面依旧十分平静，一丝波纹也没有。他记得湖里是有好多鱼儿的。几年前，他曾在对岸用一枚石子毫不费力地砸死过一条跃出水面的黑鱼，当然鱼马上就仰着肚皮漂得不知去向了。同时，他又记起，那边应该是满栽了碧绿的植物的……

看累了，摸出一根烟，点上。青烟就袅袅地融入湖上的暮霭。他开始向周围环顾。每一回来湖边，他都希望能遇上点什么，一桩稀奇的事情，或者，结识一位不相识的人。却十分害怕熟人，尤其担心那种在平日算不上朋友，但此时会像个知己似的同你滔滔不绝的谁。这样，他就发现左面有一位蹲着的老翁，白发苍苍。

其实，当他发现他的一瞬间，他已经直起身来。他似乎不满地仰头，朝上面盯了一会儿之后，那手中一柄长长的钓鱼竿就哑然滑向湖滩。同时他听到老翁愤愤地哼了一声。声音很大，但含糊。他只望见几片黑色的翅膀迅捷地掠过那堆白发。

几分钟后，有一个孩子从湖滩的右端跑过来。他跑得飞快。一边跑，一边将一颗颗小石子从手中的弹弓上发射出去。孩子太小了。他断定他绝对射不中它们。片刻，就有那些小石子陆续掉入湖中的微响。

于是他又去看鸟。

天一暗，鸟儿们更加放纵，左右盘旋又上下蹁跹，朗朗夜空划出无数道乌亮的不规则的弧线。这会儿，他听见车站内的广播传来。他该乘坐的那次列车停止检票。

……一切全让一群鸟给破坏了。这黄昏的湖——他说不清楚是懊恼还是感激。远处，还有个小小的人影，在打鸟。

咖啡壶

我的头颅
是只咖啡壶
朋友多的时候它就热起来
情绪被煮沸
我的话滔滔不绝
像掺了水的咖啡
给每位朋友都倒满一杯

可有人说太浓
有人说太淡
有人说太苦
就是没有人说味道好极了……
于是我得罪了所有的朋友

于是消瘦的双肩扛一只
空壶
孤独地漂泊
幸亏壶嘴变作铁哨，但哨声
依旧是那支：一无所有
其实该说的还没有说
过于真实的思想就沉淀成
一种咖啡渣
日子一久
就与壶底锈在一块了

有朋自远方来，不亦乐乎
但我无言以对

我的头颅，已是
一只装满了咖啡渣子的壶

『精神氛围』下的『诗性话语』

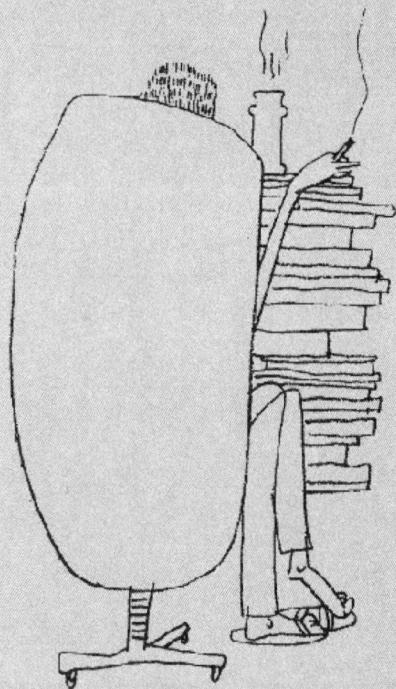

"精神氛围"下的"诗性话语"

　　我喜欢的美国作家雷蒙德·卡佛曾经说过："写短篇小说和写诗的相似程度，绝对超过写短篇小说与写长篇小说的相似程度。"这句话，对于先写诗尔后写小说的我而言，感受似乎尤深。特别一个时期，我常常把诗和短篇小说的写作混在一块，交叉着写。但更多的时候，还是诗在先。

　　因为，诗会成为我写作短篇小说的一个创意。

　　因为，诗产生或弥漫的一种"精神氛围"，还直接影响到我写小说时所自觉或不自觉运用的"诗性话语"。

　　这一组写作实验《长满窗子的房间》、《静室》和《浪迹天涯》就是如此。

那就先说《浪迹天涯》吧——

它起初是一首诗，后来扩展成了一组。这里面，当然不会有具体的情节和故事，但有友情、爱情、孤独、迷惘；有真诚、理想、追求与背叛……当然，这一切皆是被我称之为所谓的"精神氛围"。

女诗人翟永明在她的随笔中写道："也许在我年轻的时候，我的生活我的经验带给我某种惶惑，我对世界和对命运都抱有一种推拒和回避的东西，这种东西有时反映在人的面部上而不为己知……"后来我读到它，似深有同感。其实当年我还一直执着地认为，对"浪迹天涯"的追求是一种"对世界对命运"的抗争与拼搏，而今方知，此乃是"抱有一种推拒和回避的东西"。当年却被自己营造的精神氛围渲染得煞有介事——但诗的创意，也确需要这样的精神氛围。

《浪迹天涯》就是那岁月里我的精神氛围的创意产物，这在小说《长满窗子的房间》的题记中，非常鲜明地证实了："在无法远行的日子里，让精神去作一次流浪。"这句话，其实正是诗到小说的摆渡船。

《长满窗子的房间》如今看来还很浅，谁都知道"房间"是什么，"窗子"又为何物，只是它的写法有点特别。记得当时责编问我，是否受了法国"新小说"的影响？"新小说"是法国的一个文学流派，它的代表人物有西蒙、罗布·格里耶等，我确实很喜欢他们的作品，但与这篇小说无关。

俄国形式主义有"诗性语言"的说法，我也从没研究过，我只知道这篇小说，它起源于诗，是用诗的思维来构思的，自然便使用诗性话语来叙述了。当然也是希望粗浅地尝试一种能体现自己"精神氛围"的语言。我倒是更接受这样的阐述："小说不可避免地但是在缓慢地演变……朝着既是叙事的又是辩证的一种新型的诗歌演变。"（米歇尔·布托尔《作为探索的小说》）我自然希望在小说与诗歌之间作这种语言上，甚至构架上的探索，但我不得不承认，这一探索在《长满窗子的房间》里并不成功，此处只作"次品级"的案例来看吧。

其实问题不在于"诗性话语"，而是人物"精神氛围"的把握。诗歌里的精神氛围与在小说里的表现上应该完全不同，它可以是小说的创意，可不是小说的构成。"客（你）"模糊了，"FENG"也是模糊的，只有"银子"还好，因为她身上有清晰的细节存活。

由此，我们应该清晰地看到，精神氛围也好，诗性话语也好，它们在小说中，必须是有细节，乃至情节的载体方可称之为小说的，否则仍是诗。

《静室》也是先有诗的，但它在小说化方面可能稍好一些，也是因为它里面的细节。或者说，是主人公"童"的精神氛围让许多细节对应化了，于是，相对容易让读者产生同感和共鸣。

这一组写作里，有好些交叉，甚至相似相同之处，目的是通过比较分析，看到创意延伸的多种可能性。

写作的艺术是创意的艺术，各种写作形态，以及它们间互动互补都可以探索、尝试，关键要产生"风格的奇迹"。意大利作家卡尔维诺评价博尔赫斯的一段话，也可以当作我们在这方面的启蒙，而且意味深长。

他这样说："能够把极其丰富的理念和诗歌魅力浓缩在通常只有几页长的篇幅里：叙述或仅仅暗示的事件、对无限的令人目眩的瞥视，还有理念、理念、理念……"

写作实验 IV

长满窗子的房间

静室

浪迹天涯

长满窗子的房间

在无法远行的日子里

让精神去作一次流浪

——题记

你有个只有一个字的名字，叫客。

不知哪天，你决定启用这样一个字来证实自己在这个世界的存在时，也许那时命运就对你作了某种暗示，抑或是你对命运作了某种选择。也许你是无意的。

后来，当许多朋友逼着你说说这个字的来由时，你才回去翻了一下《现代汉语词典》。你发现词典上对"客"字有8条注释，而你比较喜欢的是其中的第6条：对某些奔走各地从事某种活动的人的称呼。这样，你又很沮丧，二十九岁的你，至今尚未离开过这座生养你的小城。

你苦笑着向朋友们作了第9种解释：来去匆匆。

客——

那天，你漫无目的地走在路上。马路不宽，两旁都是花花绿绿的店面，许多时髦的东西就从大块的茶色玻璃里反映出来。排了一系列进口模特儿的橱窗前，聚集了成倍成倍的少女，人行道顿时如一条狭长舞池。你旁若无人，在舞池的缝隙里奋勇跋涉，不断就有被你踩着的高跟鞋像地雷一般，引出一连串尖利的炸响声……客，这时，一位叫非木的就把你叫住了。

其实你完全是机械地停下来的。你今天一上街，就感觉有块乳色的固体片斜插进来，把脑子切成了一片空白。无数接踵而至的脚步踩过去，而后面另一批接踵而至的脚步，又像橡皮一样将前面那些纷乱的黑脚印全部都擦掉了，依然是空白……可你奇怪的是，非木的脸色竟也是那样苍白，没有血色，并且气喘吁吁。

非木告诉你，有一个很不错的筵席正等你去，接着还唠唠叨叨说了许多踏破铁鞋无觅处之类的话。你愣愣地盯着非木的脸，那玳瑁架的变色镜片后一缕不可捉摸的，甚至是狡黠的光，再一次令你失望了。你很清楚，现在无论哪一个筵席，都会引起你反胃的怪毛病，你顿时将浑身乏力，并有一团灼热的尤物在体内折腾，一旦张口，又立即会有一股粘液状的浓柱喷射而出，让你欲罢不能……是的，就是从那次以后开始的。非木是个浅薄的家伙！你刚对自己说完这话，转眼就在高楼的峡谷里消失了。

黄昏的时候，你站在泛着青灰色泽的银行大楼下，对9楼顶层那只冷漠的古币标记凝视许久以后，就开始深切地惦记起你的小屋来。

你的小屋，实际上已是一间经过改装的浴室。因为厕所间太小的缘故，母亲就执意将那只搪瓷浴缸安置到这本该属于你的五六平方米的空间里来了。当然一年四季中，浴缸大部分时间是不使用的，而成了你藏书的妙处。你又弄来了一块厚实的木板，合在上面，便是最佳的书桌。于是，朋友们都说很精致。可他们大抵是夜间光临，不会感觉到最大的缺陷就是，窗小，只有一本杂志那么大，收不进多少光。虽在高处，但仍被周围更多更高的楼群环抱着……这样，你又思念起壁上那幅凡·高的油画《向日葵》来了。当然那是你的临摹。你渴望火焰般燃烧的金黄的向日葵，能充分产生光的作用，以至每每有灵感爆发，仿佛灵魂亦已化作那中间黄得最厉害的一瓣……可是近来，灵感的光顾对于你已变成十分难得的事情。往往整天整天面对画布，硬是抹不上一个色块，有时白天涂上去了，晚上又得铲掉。这种状况下，朋友的到来就尤其显得珍贵。大家对着无论是完成的或未完成的作品，胡说八道一通，放肆地嘲弄那些闻名的大师，再以尖刻的口吻臭骂一番许多平庸的作品，以及作者的不平庸的"轶事"，这使你感到十分惬意。你感激朋友们。你总以上等的烟、茶、酒或咖啡来答谢他（她）们所能给予你的快活……可当时过午夜，来人散尽，你收拾起杯盘狼藉的桌面时，一种较之以前更深的虚空，与由这虚空带来的一阵莫名的悲哀又产生了……

你还在梧桐树横横斜斜的黑粗的投影下徘徊。这时，路灯已经亮了。不是那种很普及的灰色罩壳的，或者常见的乳白玉兰花灯，而是一种形状十分新潮的——像一位瘦而颀长的戴了顶橘红色圆帽的男子，从人行道猛地斜伸出脖颈，并且不偏不倚用某种有些傲慢又有些卑鄙的目光盯着马路正中。这是孤独的男人，你想。

暂还没有回家的意思，可也不愿再走远。你继续在这条城市冷漠的手臂上逛荡，并开始挨个挨个地数起戴橘红帽的男人来。一会儿，马路上骚动起来，大概是工厂下中班的时间了，人与车接连着来回穿过。更多的是男女成对的双人车，有的就让街头小贩的纵情的吆喝所诱惑，双双坐下去品尝粉丝牛肉汤之类的夜宵……这刺激你将左手插进衣兜去鼓捣，不过摸出来的只是一团干瘪的烟壳。可同时夹在手中的还有一只白色的信封。

这是银子的信！上午来的，还没拆。而此刻你似乎才恍然大悟，这是周末的夜。

银子是你的女朋友。只能这么说。两年前，也是如此夜色，在另一条马路上，你认识了银子。对于这段非常抒情浪漫的历史，你往往大醉之后努力地作起回忆，而醒时却多半省略了……反正，说萍水相逢也行，说一见钟情也行，一切以彼此写信的方式开始了。先是你毫无节制地给她写，后来便是她极有规律地写给你。每星期一封，总在周末的上午到达。两页粉红的双线信笺，爬满了工工整整的蝇头小楷。唯一变换的是每次粘在信尾的种种不同的植物叶子。银子说，怕你感受不到季节。她的工整她的守信她的固执，一度让你感到不可理喻的不满，甚至你怀疑起无数次出现在墨绿色栅栏后的会是别的女孩子……可如今只有你的银子的信如期而至。

客——这时你赶紧拆开了手中的白色信封。读第一个字，竟感觉别样的亲切。而信尾那片你不识得的紫色小叶，却顿时唤醒了你心底一股温柔的潜流。你渴望立刻见到你的银子，并且是在你们常相约碰面的11路汽车终点的墨绿色栅栏前，去缓缓拥抱她娇小的身体。可当你真的在马路上狂奔起来时，你已经清楚地知道一切仅属于臆想。这使你再次想起了酒。

独扇的茶色玻璃门被你猛然推开了。这是一家叫凤凰的咖啡屋。

你居然在一格一格像列车车厢般拥挤的座位上挨着了半个屁股。身旁和对面全是成对成对的腻歪透了的男女。在极幽暗的光线与令人柔肠欲断的乐曲里，他（她）们正精心展开种种肉麻的勾当，管他娘的正当还是不正当。那个大约就是叫凤凰的少妇样的女人，笑眯眯地扭过来。

麦氏还是雀巢？

酒！

你断定那都是些味道很不正的东西，便大叫一声。

雷司令？

不，别他娘的雷司令！

后来，送到你面前的一只高脚杯完全是透明的。你不再计较它是如何一种液体，举起一饮而尽。可能这一举止使邻座产生了恐惧，估计你接着会有什么粗鲁的行为，以致他（她）们一个狼狈不堪的结局，然而，又都不忍离去。其实这完全是多虑。待第三杯照原样饮尽，你又扯出那两页揉皱了的粉红色双线信笺，并大声朗读。可你把所有的句子都读乱了，颠三倒四，又突如其来地哈哈大笑：哈哈，世界上最绝妙的情书！末了，那笑声竟渐化成号啕大哭……终于，一系列癫狂而带挑衅性的举动使周围那帮狗男女们跑得无影无踪。车厢座就变得空落落的。这自然引来那位凤凰的大为不满，她怒气冲冲，却不敢吱声，用某个古典女神石膏像的姿势，呆呆地站在你面前。

有信纸信封吗？你尽量压低了声调问。石膏像居然就扭回去，从柜台底下找出了你所需要的东西。你在衣兜里晃荡一下，摸出一枚最大的镍币丢过去，同时抽出了笔。趁七分醉你也给银子工工整整地回信。

幸好，你还没有忘记买邮票。在日夜商店水泥门柱上的一张残缺的征婚启事下，你糊好了信封，趁几分醉去投进恍恍惚惚的邮筒。

在尚能分辨出来的熟悉的归途上，家的概念开始在你心中冉冉升起。你记得当时走出家门其实只是为了逃避一次晚餐。今晚，你家里也有很不错的筵席，并且会来许多朋友，你父亲的或是你母亲的朋友。现在，也就是当你悄悄推开虚掩的房门时，那一张张似曾相识的面孔依然错落有致地挨着大圆桌。客厅灯光流泻。不懂音乐的父亲，在那台老式留声机上，放了一张磨损的旧唱片。于是，刺耳的乐声与庸俗不堪的笑声一次次响起，就像一部老掉牙的电影，又莫名其妙地开拍……

有人看见你进来了，微笑着同你招呼，再与邻座善意地窃窃私语。这反使你格外悲哀。你没有任何友好的表示，没有表情，便陡然闯入了本该属于你的书房，同时重重地撞上了门。后来，你似乎听见许多人在喊你的名字，喊得忧心忡忡，焦虑不安。再后来，果然还有许多急促而凝重的拳头，在敲你的门。但一切已无济于事。你一进屋，就掀掉了那块厚实的书案，并把成捆的书从浴缸中摔了出来。你静静地坐在墙的一角，眼睛瞄准着早同夜色浑然一体的小窗，任拧开的绿色淋浴器哗啦哗啦，溢了一地的水流……

模模糊糊中，一阵猝不及防的翻肠搅肚的折磨，迫使你下意识地用食指塞进口中，狠狠压迫舌根，拼命地宣泄起来……这时，你发觉你得赶快离开这座城市了，你记起恍惚中丢进邮筒的是四个字：浪迹天涯。

列车已摆脱站台好一段距离了。在欲明未明的微曦中，如一条机警的响尾蛇，蜿蜒着伸向迷迷蒙蒙的地平线。车厢内倒一反平日的拥挤，乘客们纷纷以各种最不雅观的姿势，昏昏沉沉地东倒西歪。这反而很可爱：在超越地域和社会关系的冰冷冷的钢轨之上，人的本来面目得到了一次返璞归真的机会……

就当你盲目地纵向跳上这列不明目的地的列车，独自站在咣啷咣啷的车厢连接处时，你又一次想起了你的银子。

难道是由于非木的浅薄，由于一次没能最终逃避的晚餐，由于你的没有光的小窗的屋子……而导致了你对这座城市的背叛？还是远方真有一种神灵在召唤？或者说漂泊，或者说流浪是你的天性吗——客！然而，银子会原谅吗？有一回，银子让你看一张她用彩色笔画的小纸片，上面有弧形的沙漠轮廓和几个类似骆驼的斑点，极像儿童画。她说以后一定做你诗集的封面……可你知道银子是无法原谅你这般离去的。

你的旅途漫漫而孤单。

你十分清楚目前口袋里只有少得可怜的人民币了。一次，你刚在一家装潢颇为华丽的酒店坐下，俏丽的女服务员就立即捧着菜单，微笑着两个浅酒窝出现在你眼前了。可当你只寒碜地点了两样小菜后，她就扭头而去。菜迟迟没上来，偶尔她远远瞥一眼焦急的你，那神色倒像在怜悯一个讨乞的孩童……

于是，白天你就拼命地走。在远方的城市里，拼命体验脚上那双墨蓝色旅游鞋大面积脱胶的滋味。独自品味。这又彻底破坏了你沉默寡言的习惯。你变得十分想说话，找谁说都行，说什么都行。可谁都行色匆匆。

而在那辆蓝白相间的无轨电车上，你又发觉竟有不少类似于秋波的东西从好些已看不出实际年龄的女人的眼睛里汩汩淌出，同时也曾在你的胸口蠕动了一下，并麻酥酥地遍及全身。不过，这种感觉转瞬即逝，你那满脸杂乱的因为没钱去理会的黑胡碴子，竟被那种女人误认为男子汉的商标了。你终于无法忍受这误解的目光对其实很脆弱的心理的压榨。在电车第三次启开它的汽门时，你满腹颓伤地逃下了车。

小镇，与它的穿了身灰衣裳成天没精打采的镇民们非常相似，经过相当长一段的惺惺忪忪之后，终于合上了昏黑多皱的眼皮。这时，你走进了一家连招牌都看不清楚的小旅店，七拐八弯，掠过许多杂草丛生的低矮土墙，在最西边角落的最大一间房间里，要了一张床铺。最廉价的。你与那条满是油渍和发僵粘斑的，并伴有冲鼻酸味的被子早早蜷缩成一团后，居然有许多小猫般大小的老鼠闻风而动，纷纷上窜下跳，肆意地跳起迪斯科来。你将头包入被窝，在里面猛蹬一阵，但最后还是艰难地容忍了。屋里百分之九十九的铺还空着，那个精明尖刁的小老板可不会让空铺过夜的。你记得他的豁唇上有两撇稀疏的八字胡。大概是把你当成了章回小说里来路不明的绿林中人，他支配一个流着鼻涕的黑娃闯进来，机灵而胆战心惊将屋里唯一的没了把柄的茶壶取走了……那些（至少是当晚）与你同等境遇的伙计们大约都挤到狭窄阴湿的过道里去看电视了。而你绝不敢去。因为你刚才上厕所时就见有不少人头簇拥着的14吋的黑白屏幕上，是日本的什么连续剧，那个演过姿三四郎的小子正在跟一位很像栗原小卷的女人难舍难分着呢。直至此刻，还有断断续续的柔声的对白传来。你害怕那人情味太浓的电视会催你落泪……后来你住过许多旅店都是如此——这时，你就会赶紧掏出那只长时间在裤兜内变得烂皱一团的白色信封，而一个个工整娟秀的小字分明正在一只纤细澄碧的手指间跳出来，跌落进双线幻化成的粉红色水波中，像无数优美的小金鱼快乐地游来游去……你断定你的银子一定能写出出色的童话。于是你在她的意境中，仿佛也化作一条傻头傻尾的乌背草鱼，很冲动地投入那条季节河，逆流而上，直至长满毛茸茸嫩草的银子的城市之岸。你相信重逢时，银子依然会拭去你枯燥的掌心间渗出来的温湿的汗粒，然后，又一起走进那横七竖八的水泥建筑材料堆中，她就会猛然止步，急切而顺从地任你拥抱。黑暗中你完全凭直觉判断你怀里的一张平日有过多娇嗔和恬静的脸，此刻呈现的分明是一种痛楚，像无法排遣的充满迷茫而又安详地忍受的痛楚。同时还伴随着带有温香呢喃的呻吟……银子就是如此这般地爱你！这才是你独具风采无与伦比的令你迷醉痴狂的爱人！顷刻间，翻身起床，你把只能给银子的语言灌进一只又一只航空信封，可你无法收到她的回信了呵……

你终于摆脱了城市或者小镇，使灵魂不再受任何牵扰，开始执拗坦荡地在一片你首次领略的浩浩荡荡如广漠瀚海般让人惊心动魄的黄土地上迈步。此刻，你觉得你很像一部美国电影中长着老鹰脸孔的古怪男人，在孤独而自信地寻找"得克萨斯州的巴黎"……

你很冲动，发疯地迷恋那干黄得逐渐发白的泥土颜色，而偶尔可见嵌在其中的鱼尾形的红土，更令你膜拜不已。你一步踩下去，便有接连几股焦黄的烟气笔直地升腾。当你大口大口如痴如醉地呼吸了这焦灼的气息，你就感觉十分的温暖与充实。你仿佛是条冬眠后刚苏醒的小爬虫，正在一只开着无数饱经忧患裂口的，但厚实温存的大手掌上幸福地蠕动……在这荒凉的边地，你甚至渴望能有人将你捆成一尊十分悲壮的人体包扎艺术品……

然而，当你被一块尖利的小石子打了个趔趄之后，你所有的感觉就骤然消失了。除了浑头浑脑的沙尘，天地间是一片苍茫，混混沌沌——许是上帝注定了你的冲动和错失，许是上帝注定了你的不再有通信地址的人生了吗？

许久以后，你才意识到：梦想归期是流浪者的耻辱。

渐渐地，你想起背叛这个词来了。这是一段有关酒，与那个非木的记忆。

你当然记得那次在街头无言的逃遁，可后来，你还是让一位文弱得近乎可怜的、你和非木共同的老同学，硬拉去了他的婚宴。刚在席间坐定，你就看见非木显得异常活跃，终日苍白的脸上居然泛出些微红来。其实你非常了解他骨子里的一种自负，以及这自负所带来的失意，而一个人倘要依靠改造自己性格以拯救濒临崩溃边缘的灵魂，又该是何等痛苦之事……近来，你越来越觉得这位曾经形影不离的朋友很可悲，也很可怜。这时，非木的目光就不断从你这儿扫视过去，但始终未作停留，似乎在座席的缝隙里努力捕捉那位妖艳的新娘。这顿使你大惑不解。

客，男子汉！伴着一阵浓郁的法兰西香水味，新娘已翩然降临在木然的你的面前，并且煽动性地给你斟了一杯泸州老窖，尔后又转身换上另一种姿势到非木那边去了。

尽管你早已丧失了一醉方休的兴致，但圆桌对面那双眯缝着挑衅意味的眼神却使你再也无法忍受。你冲动地站起，高举酒杯跨越菜碟。这一张牙舞爪的举止使大家很开心。在一片怂恿声里，非木也从容不迫地掸了掸笔挺的毛麻西服。这时你好像听到有人说你的酒浅了——

调一只！

你大吼一声，迅速从非木尴尬的手中夺过他的那杯，仰头便饮——可你怎么会料到那杯白亮的液体竟戛然噎在了你痛苦的喉中——

一瞬间，你眼前清晰地呈现出那个冬夜，你俩凑了各自的第一笔工资去一家小酒馆烂醉后的情景。在幽光粼粼的雪地上，你们一齐弯下腰开始呕吐，又一同直起身指着那摊脏物，狂笑着说那是诚实……然而，一切风流和失态都属于了幼稚岁月，如今的非木已成熟得不可思议！

你愤然将剩下的半杯凉开水泼向窗口，却被挡在窗玻璃上爬成了一只古怪的图案，紧接着你手里的高脚杯也凌空弹起，在一圈惊诧的目光中炸裂。响声郁闷而碎屑四溅。

这时，你只感觉众人在笑，却根本分辨不清那一张张笑得离奇怪诞的面孔，好像连最文质彬彬的新郎也戴上了抽象的面具……于是你气急败坏地狂呼：这是背叛！但终究无人理会无人响应。于是，你落荒而逃，并决定借一丝弱光去寻找一丝与你一样神经错乱的荆棘。

现在，你继续跨越着一片更为坎坷难行的土地。你毅然脱去脚上已将洞穿的墨蓝色旅游鞋，再让一双破烂不堪的酱色袜子在半空中扔作两条丑陋的抛物线。大概你在将对往日的无数悔凝一根长鞭，猛然地抽打自己，去使虚伪的双眼备受折磨。那么，刚刚生出嫩茧的脚板便会获得最直接的痛楚，以至在你平乏的生命历程中刻下一串永志不灭的印记……在这全无什么可顶礼膜拜的年代，你选择了许多真正的诗句在心底默默祈祷，给自己壮胆，并反复自语不悔不悔不悔……

天黑尽时，你开始一根接一根地抽烟。你撸撸一头直泻的黑发，顿时过于自信起来。你相信一路抛下的劣等烟头刺激这大片大片的不毛之地，定能长出类似于仙人掌的植物。

你终于又走进一座万家灯火的都市了。长时间的饥饿使你对一碗简陋的街头小吃也极富好感。待你狼吞虎咽一番，再抹抹嘴，这样你就透过熙熙攘攘的人流，在左面电报大楼的宣传栏里发现了一块四方连的招贴。纸是白的，却醒目地标着：FENG的画，这样一行粗黑的美术字。

这是某个野路子的画展广告。你充满了惊喜与好奇。

次日午后，你就按照那广告下角的一长串地址，经过一长串路程，在城郊一个乱糟糟的菜场后面，找到一间独立而歪斜的小屋。你再次对了对门牌号码，都准确无误。这时，一种扑朔迷离的氛围就使你头一回陷于侦破小说的意境。你顿时像进入了某某探长角色似的，机警地叩了两下神秘的门，并且准备好随时侧身隐蔽到墙的另一面去。开门的是一位已属很少见的蓄着齐崭崭黑胡须的中年男人，这不免令人格外提心吊胆。好在你已经习惯了用观察眼神来判断陌生人，你相信他灰黑的瞳仁里，却分明泄出一种难得的真诚。

朋友，请进吧——

你便很洒脱地步入屋内。屋子极小，约莫只有六七个平方米，却四壁皆画。其实说画也并不十分准确，因为那都是利用麻袋片、铅丝、木屑，甚至泥巴等废物组合成的工艺品。但一种纯粹的野性之气毕竟将你镇住了。在它们面前，你恍然意识到一向刻意追求野性的自己，不过是个假洋鬼子而已……

FENG——因为你暂时还不知道对方究竟是锋，还是风，不过，那绝对是个内涵丰富的读音。

我知道你想要说什么了，朋友，其实很可能同你一样，我是想依靠它们来掩饰自己的绝对脆弱……坐吧。黑胡子指了指摊满一地的旧报纸。等你倚墙仰倒后，又接着说，前几天有个外国佬跑到这里，要高价买几件，我差点揍他……你知道吗，我只是为了朋友，就为了多几位你这样的朋友。你看这面的墙上，全是朋友们给我留下的，老弟，你也来点什么吧！

这时，你已经完全为他说话时眼里那一缕乞求友情的光芒所感动。瞄准边上有叠清洁完好的空白稿纸，你猛地抓在手中，取下唇间那只尚未熄灭的烟头，片刻，稿纸全烫穿了，你把它挂到一根钉子上，并在空白处写下了四个扭曲的大字：背叛纪念。

　　这半天你过得十分惬意。走出小屋，已是子夜时分了。城市正在下雨，雨雾朦胧。趁红绿灯已停止工作，你在湿漉漉的大街上瞎碰乱撞，像一只失去了触角的蝙蝠。最后，你终于精疲力竭，才栖落进一家通宵营业的咖啡店。

　　与一杯又一杯的棕色液体孤独的交谈中，那位倦容满面的端咖啡的女孩子，居然也来你对面坐下了。

　　她问，你老呆着干吗？

　　你说，等待。

　　她说，雨早停啦。

　　你说不上来了，摸出身上唯一的一张大团结，抹平，摊在桌上。

　　远处的钟声响四下时，你忽然掉了泪。

　　你等的还没有来吗？她又问。

　　钟声响到第五下的时候，你又掉了泪。你说，你等的东西来了，便转身而去。这回，是那女孩子有些淡淡的清泪涌出了眼眶……

　　之后很长的一段时间内，你便一直在这座城市徘徊，在那条通往FENG的路上徘徊，在那间极小的屋子里徘徊。果然，也就有了许多朋友，就每天有酒喝……不过，有一天你断然拒绝一瓶上等大曲和一片盛情，你又悄悄地失踪了。你只给朋友们留下一个字，客。

　　那天凌晨，你好像做了一个梦。你回到了你遥远的小屋，而年迈的母亲正用一些粗木条钉死那只小窗。母亲身旁还站着银子，在不停地传递钉子之类的东西……这使你痛苦万状，惊呼一声，便伤心地从楼梯上一头栽了下去……后来，你眼前又似乎白亮亮的一片，你看见你的房间里长满了窗子。

静室

黄昏的时候，童进了卫生间。童进卫生间其实没有任何需要排泄的感觉，但他还是不知不觉地走进去了。童往往是这样，每当黄昏来临，也就是全家共进晚餐之前，他总不知被什么驱使来到这儿。

童是个十六岁的少年，十六岁的少年长得已经很像小伙子了，他时常觉得全身肌肉都一块块地往外爆。于是，童就越发感到空间是那么的狭小，好像闷得人气都透不过来。童当然还跟父母以及外婆住在一起，童的家确实太小了，一大一小两个房间，过道的弯头便是客厅。童的父母住大房间，小房间里铺了两张小床，童和外婆，但许多时候，童都是将自己那张可折叠的小床移到客厅过夜的。

十六岁的童没有属于自己的空间，这是一个遗憾。

可童对卫生间却有特殊的好感，准确地说，他喜欢卫生间墙面上一块块方整白洁的瓷砖，同时他又觉得很可惜，瓷砖干吗只贴了墙面三分之二的地方呢？童还喜欢洗脸池上方的一面小镜子，镜子的边是用铝合金条子框起来的，正好嵌在凹处，这样就很有一扇窗的错觉。不过，童确实每次都把它当作窗来看的，他看到窗外有一张和他一模一样的脸，内心又充满了惊喜。你是我唯一的朋友，童想。

现在，外面的客厅已被桌椅和人塞满了，暗红的灯光下，还不断有人继续挤进来。童在卫生间的门缝里看着那些似曾相识的面孔，就忽然记起课本上曾有过的一个成语来了，那叫——鱼——贯——而——入。这是一顿丰盛的晚餐，童想起来了，三天前父亲在告诉了他十六岁的生日后，就决定要把亲戚们全都请来。"爸，给我点一支歌吧，我喜欢听毛宁唱的歌。"童记得当时自己是这样说的。"别，傻儿子，那五百块钱远不如吃一顿。"童还记得父亲就这样回答了他，"我要把亲戚们全都请来的。大家一起吃。"

这时有人来敲卫生间的门了，但童好像一点没有听见，他怔怔地站着，才想着父亲的兴奋是为了亲戚呢，还是吃？可他猜不出。童只觉得父亲今天真像导演，有一部老掉牙的电影正莫名其妙地开拍。

又有人在敲门了，同时还喊着童的名字。这回童听出是母亲的声音，母亲说："你是不是在拉肚子？要真是肚子不好，我们就先吃了。"

此刻童的眼睛就有些湿，童就拿湿了的眼睛再去看那扇小窗。窗子里，和童一模一样的朋友开始低低地哼一首歌，这是毛宁的《涛声依旧》，童说："你应该把他唱完。"

童的话刚说完，歌声又接上去了。

浪迹天涯

之一

我已经好长时间没收到朋友来信了
仿佛一种缠绵的雨天突然间晴得
冷淡
墙上凡·高的《向日葵》也有点褪色
两手空空的诗人依旧多愁善感
过去我好像总有没完没了的信便只能拣一些
回复，莫不是这样选择成了疏——远
几朵早年之花偶尔在心头别样地绽开
甚至我怀疑
我的惰性导致了背叛？

——让我不失望的是你，每逢周末
我总能收到两页工工整整的双线信笺
说老实话我曾不满过你的
工整你的守信你的固执虽然
这荒唐如月台上的旅客不满班车的准点……
而如今只有你的信——如期而至！
如期而至呵
当晚我捧着它就走进一家咖啡馆
在对面热恋的情侣前我坦然地大声朗读你
打乱的句子是世界上最绝妙的情书于是

我要了酒
趁七分醉也给你工工整整地回信
趁八分醉去丢进恍恍惚惚的邮筒

第二天醒来我发觉我得赶快离开这座城市
我记起昨夜丢进邮筒的是四个字
浪——迹——天——涯——

之二

刚刚告别那块热闹而孤独的弹丸之地，我
以对你的忏悔作一根痛楚之长鞭
抽我，无形地抽我至茫茫海上
选择海并非因为浪漫而只是能找一个廉价的
舱位
碧蓝的浊黄的波浪已无法给我以任何视觉刺激
甲板上净是些手臂搂着腰肢的鸳鸯般的小恋人
再也不会——重新上过漆的舷边再不会发生
飘逝的花头巾的故事了
我一个劲躲在劣等船舱里努力地抽
烟

早几年我上过一条长久泊在内海的远洋船
有很温和很好看的颜色以及

很丰富很可口的罐头款待我，从此我决定
这位慷慨的蓝袍子富翁的怀抱便是归宿
于是我写下不少轻飘飘的赞美诗
于是我答应来日与你同行……而此刻
却如风给予帆的许诺——失信于你失信于你呵
当小轮进入漫漫夜航，广播匣子里就响起
一种令人心碎的如泣如诉的呼喊
……归来吧，浪迹天涯的游子
归来吧……

次日凌晨小轮准点到达第一个城市
我匆匆上岸却在拥挤的人潮中狠狠摔倒，这时
我发觉裤兜里竟是一张空白船票

之三

即使你曾给我的诗画过沙漠骆驼也无法原谅
我知道你是不肯原谅我这般离去的
其实，我的旅途漫漫而孤单

白天我拼命走拼命体验旅游鞋脱胶的滋味
独自品味呵，有时我真想说话
可谁都行色匆匆当无轨电车上某些流连的
秋波挤来——我又被迫下车

不，发，一，言
夜里早早蜷缩在旅店的角落我害怕
热闹害怕人情味很浓的电视会催我
落
泪
我把只能给你的言语灌进一只又一只航空信封
可我却无法收到你的回信了呵
许是上帝注定我的冲动和错失许是上帝
注定我的不再有通信地址的人生了吗？
走着，一条浑浊而凝滞的河流箴言般横来
——梦想归期是流浪者的耻辱！
开始用许多真诚的诗句默默祈祷，并使
虚伪的双腿备受冰河折磨，说，我不悔……
走着对岸是没有人烟的荒芜我忽然过于自信
我决定让一路抛下的劣等烟头刺激这大片大片的
不毛之地能长出点什么
植物……

之四

在没有朋友的城市里突然有人来
看我
递上一张雨渍斑斑的请柬

我去了，听一对小夫妻很快活地聊天
但很难插话，昨夜风使我沙哑
——我干吗要去猜想他（她）们的来历呢
哦，同是天涯……相逢何必……

回头的路上依然有雨雾朦胧
我感觉十字路口向南很像我的城市
那灯火阑珊处不就是你我散步的长街吗
然而，一架立交桥又即刻否定了我的心理现实

后来我就一直在这座与我的很相像的城市徘
徊徘徊有了很多朋友就
每天有酒喝……
不过，有一天我断然拒绝一瓶上等大曲和
一片盛情，我就悄悄地失——踪

日常无奈的体验感知

日常无奈的体验感知

这里的一组散文、诗和小说，其实是一回事：捕捉日常无奈的体验感知，变成写作的创意点。

所谓创意，我认为本质其实正是对平凡、普通，甚至庸常的世俗生活，在感知中体验、感悟，进而提炼出它值得叙述的亮点。如果生活本身充满了惊险、离奇，构成了曲折跌宕的情节，那它已经是创意了，我们的任务于是只需要记录而已。恰恰是它的平淡，创意写作才有无限发挥的可能性。

《牛头祭》完全是真实的，不仅仅因为它不是小说，说它事实本身有点戏剧性，确也是；说它平淡也平淡。但不管怎么说，它的内里蕴含了一个"伪浪漫主义者"面对现实的一种无奈与尴尬。这种反差，和在这反差中的自嘲与自慰，就是我想传达的感受，也就是写作的创意。

记得导演冯小刚讲过："一个好东西，最成功的是创造了一种尴尬，而又把这尴尬还给了它。也就是说，人若能把生活中的任何尴尬都化解开，这就是比较好的人生境界。可是也有些尴尬是根本不可能还给别人的，必将永生带着走的……"我显然属于后者。

当然，我通过写作，还是努力希望将无奈和尴尬"化解开"的，小诗《一个场景的体验》就是这一实验。

在世俗的日常生活中寻找诗意，是我许多创意写作的原点。一个无所事事的冬日的星期天，能有什么惊喜发生呢？有朋友评我这首诗说："十分逼真、俏皮、机智……有一种轻快、和谐、参差和亲切美……"如果真的能给予读者如此的感受，倒也是我的幸事，可问题是我只觉得自己已变得那么木讷，那么僵滞，只是挣扎着想发现与提炼出点什么。

诺贝尔奖获得者埃温德·约翰逊在获奖演说中曾讲道："一个作家的作品，往往反映出他在其人生旅程所积累的经验，他把这些经验作为某一首诗或某一个故事的素材。诗人和小说家为了要产生实在的或是对他们而言是实在的真实映像而创作。诗人从寻求灵感的痛苦及思考的漩涡中，发现精确语言的本质，并加以提炼。"

他这段话很有意思，从某个角度来讲，也道明了作为写作工具的语言，其实正是由生活中提炼出来的创意而产生的。

那么，作为小说的《星期天纪事》，就是这一理念下的探索与实验，尽管当时我并未读到过这段话。可能是诗《一个场景的体验》写作在先，可能正是因为小诗的意犹未尽，于是又写了小说。当然，从某种意义上讲小说的表现力更强些，因为它有了人物。

小说可以没有太多的情节与故事，但有了人物就会有人物的心理细节和行为细节，它们就完全可能变成内在的情节。"我"同样是在一个星期天体验，但有了"妻子"，有了"津二"，内容似乎就丰富得多，但创意主题还是一样：日常无奈的体验感知。"我"与环境与他人之间的间隔和差距，好像一个不和谐音符飘忽在生活的五线谱上那样，于是又发出了"三十岁是男人的更年期"那样无聊、孤寂的变奏。

对于以个人日常生活的体验，来作为创意素材的实验，我只能借用美国作家詹姆斯·伍德的一段话来注解，他说得很到位，他说："我并不是一个写自传性作品的作家，虽然我用了不少自己生活中的东西来让小说读起来更加真实，然而当真正要写我自己的时候，我会感到非常困惑。"

写作实验 V

牛头祭

今夜，我终于静心撰写此文，为纪念一颗不明去向的抑或已在孤寂中消逝了的，其实是十分平常的——牛头。

去冬某日，我与几位朋友闲聊，一名客者不知怎么扯及了牛头。估计是由有关室内装饰的话题引发的。客说，富有现代艺术气息的书斋一定要搞得野，若有牛头、羊头之类的玩意儿，衬破麻袋而置于壁，那才够味呢！客还告诉我，我们另一位叫磊的画友，前年远行写生时，曾得一架牦牛之首，后终因不堪重负，才半途而废，至今还每每令他追悔不已……

书生气十足，却做梦也想着浪迹天涯的我，心底蛰伏的"野欲"被客撩拨起来了。遂联想到屈居家中书柜的一柄七寸藏刀。那是个叫二马冯的好友历尽艰辛，从巴颜喀拉归来所赠。本有悬挂之意，但因一时无相应饰物，二加我天生的惰性，终未实现。而今若能得一牛头配以藏刀，岂不是相得益彰、野趣横生的美事？当下，我即拜托了客。

客很爽气，抹抹小胡子说："弄到了我就给你送去。"

回家后，我边欣赏着《西班牙斗牛士》的唱片，边环顾起书房的东南西三面墙壁（朝北的一面是窗子），开始构思布置牛头的最佳方案。同时，也征求了妻子的意见。

妻答曰："要弄出来，倒真蛮好的。"

我已全然陶醉在那种蛮荒野性的氛围之中。随手翻开桌上刚借来的厚厚一册原版《毕加索画集》，首页是整幅的大师工作照——我连忙唤妻子："你看，他墙上那只牛头多精彩！"

毕加索的崇拜者，自然也该是牛头的崇拜者罢。

没想到时隔一日，客竟就横抱沉甸甸的大牛头，出现在我的办公室里。那天外面正纷纷扬扬下着大雪，客的头顶上、肩上、两臂上，连同包裹牛头的旧报纸上，都沾上了好些雪花。客一面喘着气，一面极得意地说："我料定年底乡下要宰牛的，跑下去一糊弄……"真是得来全不费功夫！惊喜之际的我，自然顾不得听客唠叨地卖功，一步上前扯下报纸——首先，是两只乌亮的水牛角展现在眼前了。晶莹的冰霜与鲜红的残肉沾在白花花的颅骨上，甚至带有一种刚出屠宰场的血腥气，也让人不免畏惧几分。客开始指导我具体的处理方法了："你要这样，先弄只大铁锅来，把牛头丢进去煮，然后，用一把小刀细心将那些还嵌在里面的肉屑剔出来，剔清爽了，再晒干，放到福尔马林里浸上十天半月——"

"福尔马林？"我好像还是头一回听见这个外国名词。想不到后期处理的程序还够复杂的，我忽然有些气馁的感觉。

"对，福尔马林！这很便当，扔给卫生学校那小家伙，他们那儿有个专门浸人体骨骼的大池子，不消毒倒要出虫的……"客居然一反常态地婆婆妈妈，简直在耐心教诲一个不谙世事的孩童。

这时，本单位的一位女同胞正走过门前，发觉室内卧伏着一颗大牛头，竟失声惊呼起来。这倒提醒了我，正儿八经的机关，"异端之物"自然不宜久留。我立即抓过湿了的破报纸，胡乱捆扎一下。客仍替我抱出大楼，搁上我自行车后的书包架，方告辞。

雪还在下。我便急着给这颗有待处理的牛头寻一方安顿之处。卧室当然不行，书房太局促，厨房间里也碍手碍脚的。最后，我想到了阳台，那可是既避雨雪又能通风的好地方哪！安置停当，妻下班回来了。自我俩共同生活以来，我似乎已养成一个习惯，每日总要找出一桩值得高兴的事儿，让她乐一乐。而今天，则必是获牛头之喜无疑了。却没料妻平淡的口吻显然在使我降温。她说："好是好，就怕你个大忙人不知拖到哪天才会顾上它呢！"

不幸言中，牛头的后期处理工作真拖了下来。

忙，该是我的主观因素；但其间也不乏客观条件的制约。第一像我这样简陋的三口之家，上哪儿去搞偌大的一只铁锅？其次，即使有了大铁锅，小巧的液化气灶也招架不住呀！更别提再找关系去接受福尔马林洗礼的麻烦了。看来，还确非朝夕之事。

可是，由牛头引起的"警情通报"，却在接二连三地迫使我做出决断——

头一号警报是我两岁半的儿子发来的。

那天天气真好，我让儿子跑去阳台上晒太阳去。岂料小家伙一见角落里的怪物，立刻哇哇大哭。经过好一番解说，并证实了那确是牛头后，他才止住哭声。不过随之而来的问题更棘手："爸爸，把牛杀掉，我怕，你快把牛杀死掉！"这下无论如何也讲不明白了，小家伙始终固执地认为牛头即是牛。从此，每晚临睡前，或早晨起床时，儿子总要反复强调这一在他想来是十分合理，且也是伟大的爸爸足以胜任的要求。这怎么办？让活泼可爱的孩子因一颗已无灵性的死牛头而整日担惊受怕，为父者居心何在？

接着，妻子又发出了第二号警报。

卧室正传来"没有花香，没有树高……"的乐声。片刻，端坐在电视屏幕前的妻子嚷嚷开了："喂，你闻闻这臭气——"这一嚷慌得我赶紧离开书桌，直奔卫生间端来只红色的塑料痰盂。儿子每天总在傍晚时屙屎的。妻见状不禁又笑，指指窗外的阳台。我仔细嗅了一番，才辨别出阵阵腥臭味，分明来自那只该死的牛头。

妻说："你要赶紧想个办法呀。"

但还没来得及让我想出办法，第二天中午，妻子上阳台晾衣服时，警报三号已是最后通牒了。

"不行，你马上把它扔掉，扔到垃圾箱里去！"妻斩钉截铁，简直没有一丝商量的余地，"你没看见它都长毛了吗？"

几张旧报纸早已破烂，白乎乎的牛颅上果真起了层绿隐隐的茸毛，下衬一泓暗红的血水。面对眼前惨状，我心里竟有几分隐痛。现在，我在牛头事件中已完全陷入了两难境地：处之无方，弃之不忍。而更重要的，这是客不畏严寒路遥予我之馈赠，扔了它，岂不枉费了朋友一片苦心？

"不觉得可惜吗？"我尽量用讨好的口气跟妻子商量，"你看那对牛角多漂亮。"

"那干脆把牛角锯下来，给孩子玩玩。"

嘿，真乃"最毒妇人心"！尽管它不过是死牛之头，可一旦再分割其角，未免也太残酷罢……然而，一切又证明强留下的可能性极小，况且恐我本身先丧失了原有的精神基础——但，是否又有两全之策呢？

妻毕竟还是通情达理的。她似乎洞察了我的心思，停了一会儿说："送人去！"

一提送人，我俩竟不约而同地想到了磊。一则，这位"邪头"画友必会因失而复得的牛头欣喜若狂，乃一份极好的人情；二则，磊所在院校本学期未给他安排教学任务，便有足够的时间来伺候牛头……

方针既定，当尽快付诸行动。匆匆吃过午饭，我载牛头驱车直驶磊家。不料那扇红漆板门紧闭着，千呼万唤无人开。这倒又犯难了我：再带回家吧？绝对不行。方才招摇过市，路人们那种审视怪物的好奇目光，分明已从身后的牛头逐渐移至驱车的主人了……眉头一皱，我急中生智。随手撕下一片破报纸，掏出钢笔，粗粗疾书起来——

磊：早闻兄极想觅一牛首，弟几番周旋得之，今特送上，请笑纳……

写毕，将纸覆上正对门前的牛头，终于回望数眼而离去。

回头的路上，我着实舒了一口气。想想连日来居然让牛头折腾得六神不安，颇为可笑。现在，它总算也有了更好的去处，一切可以平静下来，庆幸之余尚添几分得意。

之后，我亦遇见过客。他好像将此事忘了似的，倒是我先发制人告诉他，磊夺人所爱，牛头让他觅去了云云。他听了仍没吭声，目光也很淡然。我有点心虚，即联想起小时候祖父说过的一则故事：有养鸽者，好邀友赞其鸽，一友指曰，这对鸽子真不错，他便捕出慨然相赠。隔日，此友又来，他问：鸽可好？友人答：其味极佳。是夜，他家所有的鸽子全飞得无影无踪，再没有回来……

约莫过了半月，一天早晨，客忽又闯来我的办公室，向我披露了有关牛头最终归宿的消息。事实大致如此：

磊获牛头后，喜出望外，但同样无奈于后期处理。踌躇数日，只得通过客向那位在卫生学校工作的朋友求助。隔夜，两人便携牛头去了。恰巧那朋友外出。其母开门，本有热情留坐之举，然一当窥见牛头，竟惊呼：天井已有一只搁了数月，其臭难挡，害得四邻不睦，岂能再雪上加霜！遂闭门逐客。无奈中，他俩便扶院墙架人梯，将牛头抛上瓦屋了。

我听了，甚是惊讶。想不到一颗蛮可以加工得别具风采的牛头竟落得如此地步？可同时，在暗暗自慰："好龙者远非叶公一位也……"

沉默了半晌，客又冒出一句："早知道这样，我就把家里一只弄好的羊头换给你了！"

可能客见我黯然，出于对我惋惜的安慰。我心里却猛地"咯登"一下，像被戳了一刀，这不会是要嘲讽我"挂羊头、卖狗肉"罢？

　　"牛头事件"暂且告了一段落了。不管我在这中间扮演过怎样的角色，而今我对牛头的怀念之情却是日渐加深。我老想独自一人去那朋友的屋下，寻访它是否安在？或者，仰首眺望栉风沐雨的它又成了如何模样……但终究还是却步了。我知道，倘去了将更显出我的虚伪和可卑，我没有勇气由自己来证实这一点。前不久，读到一首二十五岁男人的诗，诗中说："吉他挂在墙上/不是震颤仅仅是图案/刀子悬在门边/不为撕杀只表示纪念……"可我现在什么都没有了，墙上，门边……连那柄七寸藏刀也因担心儿子抓去玩耍遭意外，而被塞到了蓄满灰尘的阁上。日前我还去过赠刀的朋友家，他兴致勃勃地让我看一帧摄于青藏高原巴颜喀拉山中的大彩照。碧绿的草地上，鲜红的帐篷前，这位小个子居然站得顶天立地。于是，一种难以名状的自卑以及对那颗牛头背叛后的自责，一并在他自信而深邃的目光的逼迫下，占满了我的心室……

　　此刻，真得感激亲爱的阿Q先生了——还是他的"精神胜利法"拯救了我。我记起古人不早有名句，叫作"虽不能至，心向往之"的吗？

一个场景的体验

总是无所事事的星期天
天气总是很好
冬季也仿佛有什么盛开
我下楼去
我下楼去从大楼背面
眺望自家的阳台
眺望我孩子和妻的
花花绿绿的布片
感人地招摇

没有了风就像交响乐没有高潮
中午后的阳光十分充足
但空气颤抖
挣扎，挣扎得混混沌沌
白色粉末恣意舞蹈
……
这样我才记起
我下楼去其实是要完成一件事情的
可究竟何事已彻底忘记
直到太阳从我脚下
拖出一条阴影
我就决定立即上楼了
我要劈头告诉我的老婆

——我已经完成2016.2.7　　13：00~14：20
一个场景的体验

星期天纪事

你现在脾气变得很坏，是吗？

星期天早晨，妻子突然扯出这样一个话题，使我一惊。

她正在倒水，一手抱着还不会喊妈妈的孩子，另一只手吃力地抓起苹果绿的水瓶，将瓶口斜向桌上的茶缸。热气腾腾的水很快溢上茶缸的边沿。她又吃力地放下水瓶。我睡眼惺忪地瞥了她一眼，她没有再说下去。

是的，我说。

妻子沉默了。大概那水太烫，她没喝，只是拿一种平静的目光注视我。她手中的孩子的眼睛居然也跟着出神。是的，我现在的脾气变得的确很坏。我重复了一遍，希望得到什么反应，可妻子还是那样站着，看不出一点表情。

茶缸沿上的热气已渐渐散淡了。我捧起来，灌了几大口。这是一只纯粹白色的搪瓷茶缸。好像清醒了些，我又去看妻子。她依然很年轻，甚至比生孩子前更显得楚楚动人。她只顾沉默。一只肉乎乎的小手在撩她的头发，可能有一根被抓疼了，她笑了一下。在露出一口白牙的衬托下，我发现她的嘴唇少了点血色。

我是说，你现在的脾气……她又笑了一下，声调很软。

变得很坏，是吗？可我的人在变好，这你知道吗？我一下子把喉咙抬高了，其实还是想讨好她。我想她可能指的是那回街头的事，实际上这件事情让我颓丧了好一阵了。于是我将那杯早已凉了的水送了过去。

这时门铃响了，孩子给突如其来的尖叫声惊得哇哇大哭。

底楼的老头按例来收电费。我领他到电表下，搬好椅子，却发现他浑浊的老眼里竟有一丝不太信任的东西。我有些恼火，但还是客气地说，您看吧。于是就望着他颤巍巍地踏上那张折椅的红皮垫子。也许不能怪这老头，他也许看出了我此时的某种恍惚——每当那门铃发出一声尖叫，我就立刻想起了妻子的话——去买一只音乐门铃吧——妻不是唠叨的女人，但这个意思她已重复过无数遍。去买一只，叮铃咚咙的，要不，孩子受不了。我知道那玩意儿，隔壁的医生家就有一只，比我们家的要好听许多。我问过，是在一家电器商店买的，但我不知道为什么每次经过那商店，总忘了让自行车停下来……

二十五度，连贴头一共是十二块四毛四分。老头已经从椅子上跨下来。

这么多？这回，轮到我用那种不太信任的目光报复他。

老头没有回答，在我的屋里很快扫视了一遍。可能是看看我拥有多少家用电器。收电费的恐怕都有这种习惯，我想。

没再说什么。老头收了钱，走了。

刚才孩子已哭得一塌糊涂，而现在又带着甜滋滋的笑意熟睡了。一团红泼泼的小肉蛋露在被子外面。孩子真单纯，真好。我想把这话告诉妻子，可她又忙着在阳台上晾衣物了。妻子对好天气抓得很紧。这时，连着卧室的阳台的门开了一条缝，一些极清新的气息一下子透了进来。我想去帮妻子晾衣服。她的和孩子的花花绿绿的布片在窗外迷人地招摇。冬天是难得看到这种温馨的。妻子一转身，将那门缝合上了。她老担心孩子受凉。

我下了楼。其实我下楼的目的是想绕到这幢大楼的背面去看自家的阳台。可是风已经变大了，那些布片被鼓荡得前翻后仰，完全失去了方才的情调。我失望地摇了摇头，不想马上返上楼去，就朝大街那一头逛荡。

现在我的裤兜里有三只硬币，大约是付电费时余下的。我先将它们抓出来看了看，翻到另一只手心上，似乎证实了那是真正的钱币之后又丢入裤兜。再让手斜捅进去，捏住其中的两只，而正要找第三只的时候，捏牢的一只又滑向兜角……鼓捣一阵以后，我干脆撒开，将手抽了上来。我发现食指与中指尖上都沾了些铅灰了。我的裤兜很大，铅币该安静地躺着，可它们还是一路磕磕碰碰的。

我已经走到热闹不堪的市中心了。这个城市没有广场，只有横七竖八的阔的和窄的街道。当然十字路口是肯定存在的。这时我就无所适从地站在一只精致的岗亭边上。大檐帽的警察从弧形的窗口探出头来，看了看我，那神态好像在同情一个迷路的儿童。我有些感激地回望了他一眼。的确我不知去向了，但我是不可能向警察问路的。我终于忘记了铅币，从另一个裤兜内掏出一根烟来——这是硬壳的红塔山，妻子买的。我明白她的意图，给我买好烟无非想让我少抽些。她说，为了孩子。我说，难啊。她说，比我生孩子还难吗？问题提到如此严峻的程度，我只好闭口不言了……

这个城市没有广场。远景蓝图中是否规划到，我不知道。一群群看不出实际年龄的时髦女郎随意地窜过来窜过去，白色的斑马线就被冷落在马路中央了。我猜想她们的嬉笑声一定很放肆。五颜六色的大小汽车由于她们而紧急刹车时，那响声一定十分焦躁尖利吧。不远处，不少高大的建筑物后面，露出更高大的脚手架，中间有打桩机、吊车、搅拌机在不停歇地运动，我断定那是一种更为嘈杂更令人讨厌的声音……但我什么也没有听见。我老怀疑自己身上的哪个部位出了毛病。现在阳光依然很好，路人一律精神抖擞，这就证明了城市的一切都十分正常。而我的胸口却被掏成了一只四四方方的匣子，里头空空荡荡。真的。

危机感，这是一种危机感。那天我将这异样的感觉告诉津二时，他就肯定地说。

津二正在他的小屋子里想办法弄坏一批自己的雕塑作品。我推门的时候，他东翻西捣地寻工具，好容易找到一把扳头，可惜太小，大约是用作启瓶盖的。他后来就干脆去院子里抓来一块半截的红砖，一使劲，那当中一只白乎乎的怪物的某一部分立即掉了下来。这破碎声我是清晰地听见的。海明威为什么要毙了自己，你想过吗？说着，他又跪下去玩弄那一摊石膏残骸。

危机感……当时，我试图让一种调侃的口吻来变换气氛。津二还是专心致志地低着头，不让我看到他的表情。他总喜欢把自己弄得哲人似的，用刻薄对付自己和朋友。可津二是我已经为数不多的朋友了。我一出门，背后又传来石膏的碎裂声。我断定他是不敢枪毙自己的。不过那响声消失的时候，我忽然品出了近于悲壮的意味。

我又回到十字街头的红绿灯下来了。其实我刚才已走出一段路，是可以通往津二的小屋子的。可如果再往前走，纯粹是跟自己过不去。那是向北的马路。但我又不愿意朝相反方向走，到时说不定又会发生妻子说我脾气很坏的事情来的。我不能想到那件事，否则我会马上觉得自己变成了一个脾气很坏的流氓。头顶的红绿灯在按时作色彩错位，半分钟内应该有一次电铃声的，但我的耳朵再次失聪了。

这时，我想起要去买一只叮铃咚咙的音乐门铃了。但我还是走错了路。这是当我走到一条地道口时才觉察到的。

城市依然很年轻，可这个地道却苍老了，壁上的石灰已大面积地剥落，而残存的地方又被涂满了乱七八糟的黑线条，其中有只古怪的图案就让我看了许久。头顶上有列火车轰隆轰隆滚过去，隔层的响声很沉闷，但持续了相当一段时间。我猜想是一列货车。

从地道返回的时候，我又弄错了方向。其实怪不得我。天已经暗了，而那是一条昏黄的小街，我一踏入街口就脾气很坏了。不知怎么的，这时香烟就叼到我的嘴角，夹克衫就敞开了，两只手就很不规矩地斜插进裤兜。这实在也怪不得我。谁让这条小街僻静得让人发慌，而非要做出点什么来呢。

小街的落寞感。也就是说小街除了它更幽暗的凹处有些许肉麻的响声之外，再无别的动静。不远处的那只旧铁皮小房子还在，挑着一盏孤灯——这是与半年前一模一样的情景，妻子倒喜欢这条路，她怀孕的时候就老让我陪着来散步。她说一到这儿，肚皮里的孩子就蹬得厉害，她说她踏实些。我说，是像我。妻子说，不，他应该长成个通情达理的男子汉。这就没法对话了，我不通情达理吗？但事情很快证实了我的孩子果真不像我……

你现在的脾气真坏——好像妻子就是从回头的路上开始念叨这句话的。

当我从小街退回大街的时候，原先站过的十字路口因为一场车祸还聚集着不少人。车祸是下午发生的。据说是红绿灯出了毛病。一边的绿灯已亮了，而另一边的还迟迟不肯换出红光来，于是两辆同样的卡车就黏糊上了。……我走近看了看，两具废物居然还未被弄走，在路灯下黑乎乎地趴着，它似乎提醒了我，我突然想起我要去买音乐门铃的电器商店早已打烊了。此时夜色阑珊。我就这般两手空空地回家吗？幸亏没忘记钥匙，否则尖利的门铃声准会一下子毁了妻子叮铃咚咙的梦。

妻子根本没有梦，也没有生气或埋怨，孩子没有哭得一塌糊涂。家中的一切平和而温馨。这可能都得感谢津二。他可能已等我好长时间了。妻子大约一边在编织什么，一边陪津二说话。我开门的时候，有一股刺鼻的烟味从里面窜出来，不知是我留下的，还是津二的缘故。这时一定是津二靠在沙发上高谈阔论了。……他有一种危机感，我发现……他大概指的是我。我觉得津二有些可笑，何必在朋友的老婆面前还摆一副思想家的架势。

可他现在什么事都不想干了，可能是因为——妻子的声音。其实我倒很希望听到那个因为的，但津二很快打断了她。

不，不因为什么，三十岁是我们男人的更年期。

一二三四五六七八九——妻子可能在数毛线的针数。可他只有二十九岁呀……

这时我就推门进屋了。果真是津二在抽烟，他正将一根新的往快燃尽的烟头上凑。妻子果真在织毛裤，但不是给孩子，而是给我织的。线可能是孩子多余的，色泽很艳。一二三四五六七八九……妻子又重新认真地数起来。

你现在真的什么都不想干了？津二居然用这种口吻来逼迫我。我转过身去，他正眯着双眼，像是充满了无限的智慧。那你为什么老糟蹋自己的雕塑呢？我突然恶狠狠地说。

可我一说完，津二就走了。关了门回屋，妻子在开窗，弥漫的烟雾就开始散步似的徐徐从窗口走出去。门铃——妻子的眼睛很亮，我却有些心虚，可这时门铃偏偏真的尖叫起来。又是津二，他说他主要是回来找一找无论如何也找不到了的自行车钥匙的。结果并没有遗忘在这里，他把那玩意儿塞到手套的一个指头里去了。三十岁的男人的更年期。这次，他可能是说自己。

不过，这一回我倒是打了个寒战，仿佛真感觉到了某种暗示。虽然我只是个二十九岁的男人。

景象、意象与隐藏的故事

景象、意象与隐　的故

　　这次我想讲的是，创意写作中，景象、意象与挖掘其中隐藏故事的关系。

　　一个景象，对于写作的创意来源是非常有效的，但景象又是什么呢？它可能是风景，也可能是细节，或许还是一样物体，不过它绝非表象。表象只是景，而象已经注入了你主观的东西，你的情愫、你的性情、你视角的选择。这样说来，景象就应该是你在内心世界控制下，你视觉镜头有选择的捕捉。如果把你这样捕捉到的景象，再辐射到你的心屏上扫描，那就会变成意象，更多地赋予了它形而上的思考。这时，象又成了一个图案或符号，意才是凌驾于象之上的意念，这时意象才成为属于你个人的创作元素。

从景象到意象的过渡提炼，你会发现这其中肯定会有许许多多的故事，尽管它们很零散，很杂乱，甚至还形成不了故事，但你要去发现它，挖掘它，让它星星点点地浮出来，那是创意的火花，然后写作便是故事化的过程。

这样讲，似乎太抽象了，甚或在故弄玄虚，还是回到写作细节的记忆里吧。

明信片，我每年都会收到许多，尤其那些年都是纸质的，还没有流行电子版。可说真的，绝大部分都已经不存在于我记忆的库存中了，恰恰正是小说里写到的那张被雨水模糊而造成的匿名的一张，至今仍依稀记得。

这张明信片是真实的，它就是当时的一个景象。但延伸的故事是虚拟的，人物也若有若无，他（她）们好像是在景象的故事里生出来的。陆是不是"那个男人"？芙就是斐？肯定不是，他（她）们像各自交叉的小径，有独立的走向，又有重合。在小说里，明信片已经是意象，暗绿长裙是意象，那张唱片是意象，人物也全是意象。小说到底要表现什么？起笔时并不十分清晰，但我喜欢和迷恋那个景象，而由此生发的意象其实是有主题的，它就是惆怅。一种说不清道不明的、怅然若失的惆怅。

巧的是许多年后，我在美国作家温过·毕晓普的《明信片式创造》一文中读到了这样一段话："经常地，我收集了一大堆风景明信片。这时候，我总想让它们发挥唤醒功能……这些来自各地的卡片包含着神秘多样的信息……可以是他在卡片上看到的景观，或者是卡片上隐藏着的故事，总能发现写什么。他应当调动起来自于眼前的那张明信片的所有感观及感受。"

这段话好像就是写给我看的，也才是真正意义上的"对一张明信片的解释"。

极短篇《微风》，写的其实也是不安、焦虑与怅然若失，而且也是由景象唤醒的创意灵感。

景象有两个，窗外与室内。"一片白花花的阳光均匀地铺洒着花园的一切，植物、草坪及过道。"这是窗外的景象，室内的景象则是墙壁，"一条蛇一样的阳光，正一动不动趴在墙上，大概还是窗帘不严实的缘故"。而窗外与窗内的景象一旦衔接起来，再与内在静谧又不安的情绪接通，便产生了"微风"的意象。

微风里的，一个敏感的女人一定会有故事的，但因为是微风，故事自然就应该很含蓄，很暧昧，很让人遐想。

小诗《长笛》，也是起源于一个景象，我在一位老同学家临河的窗口看到的真实景象。每次去老同学家，我总喜欢推开他家朝北的小窗，那窗外是古运河，而河岸的对面，远远地也有一扇开着的小窗，窗口总有一位趴着的小姑娘在静静地发呆——发呆只是我的估想，因为很可惜，距离让我看不见她的神情。可随着不知从哪儿飘来的笛音，同样散发着一种忧伤而迷人的惆怅……

这就是隐藏的故事，或者应该说，是故事本质里隐藏着的意象，使它流淌成了诗。曾经有一位大学教英语的老师，居然还把这首《长笛》译成英文发表了，他说他特别喜欢。我明白，他真正喜欢的，其实是诗所带来的景象，和他内心的意象，与他正要找寻的属于他的隐藏故事。

写作实验 VI

对一张明信片的解释

微风

长笛

对一张明信片的解释

电话铃在走廊上响了好一阵，陆才无可奈何地从办公室里跑出来接。这是一个冬日的上午，因为天气异冷，又下了雪，人们都不可能准时上班了。此刻，大约是九点多的光景，整个一层楼面上也还只有陆独自一人。

陆接过电话，正巧是他自己的，对方似乎是位年轻的女性。在这样的天气里，突然出现一种温柔的声音，陆感到几分意外。于是他礼貌地问你是谁，找我有什么事？对方的声音很轻，模模糊糊的，陆一连问了几遍，还是听不清楚。他有些恼火起来，说，请你大点声好不好？

对方大概也被激怒了，近乎呼叫地喊了四个字便挂断了电话。

这回陆终于听懂了，那四个字是：圣诞快乐！

陆苦笑着走回自己的办公室。现在回过去想，那女孩子其实每一遍都说得很清晰的。只是自己一点儿圣诞的意识也没有，反倒听糊涂罢了。而更糊涂的是，对方究竟是谁也未弄明白，那声音听起来有些耳熟，但一时又极难作出判断。

朝北的窗沿上积了厚厚一条雪，陆走过去推开窗户，就把雪都推到楼下去了。

楼下是一条挺宽的马路，平常熙熙攘攘嘈杂得很。现在天空中的雪已经停了，因此比往日稍稍安静些的路面上，又有不少车辆和行人来回经过。陆抽完一支烟，再接上一支，默默地看着雪地上的人和车。陆一直在四楼的玻璃后看，他觉得很滑稽，不知不觉一个上午就这样过去了。

下楼的时候，陆被传达室的老头叫住，说是有他的一张明信片。陆接过来，正面是一片绿色的风景，背面用钢笔写的几行文字，很纤细，可能在邮递过程中沾了雪花，小半已经洇化了，字迹含混，现在尚可辨认的只有这么些——

　　　　世界上最好的也是最坏的

　　　　□□□□□□□□□□□

　　　　就像那朦胧的夜

　　　　你无法□□□□□□

　　底下的署名更无法看清，或许，根本就没有签名，像那个没头没脑的电话……

　　还没有下雪之前，芙依然穿着那条她所喜欢的毛麻质地的暗绿长裙。她觉得它会给自己带来好运气。

　　芙头一回遇上一个真正的男人的时候，就是穿的这条裙子。那男人其实很平常，如果你不认识他当然他也淹没在芸芸众生中，但芙毕竟认识他了，并且再也无法摆脱他超乎寻常的吸引力。

　　这大约是一年前的事，也是现在的季节，也是临近黄昏时分。

　　芙的自行车胎漏气，一时没补好，她就打算坐公共汽车回家。站台上立满了下班的人们，等好半天，一辆通道车才姗姗而来，大家就拼命往上挤。芙没有去挤，她怕拥挤中弄坏了自己心爱的裙子。汽车开走以后，芙发现没挤上的还有一位年轻男子。可能受某种好奇心所驱，芙悄悄走近他说，哟，大男人都挤不上呀！那男子便扭转头来看芙，冷冷地看了好一会儿，说了句什么。芙就这样同他聊起来。当然主要是芙在说，他偶尔也插一两句。站台上的人又渐渐多了，却仍不见汽车的踪影。那男子看看远处说，我得去弄晚饭吃了。芙咯咯一笑，说，我也是的。就奔跑着追向大步往前的他。开始是一前一后的，到十字路口，他才停住等她靠近，之后，两人又并排着拐入一条小街，走进街底的一家小餐馆。

面对面坐下后，他要了一瓶白酒，55度的。芙抓过酒瓶，也往自己碗内倒了一点，但刚饮第一口，就呛出了眼泪。

他喝酒的方式很独特，右手叉开将五指深深地陷进长发里去，左手托了碗一大口一大口地灌，一言不发，也几乎不夹菜。可此刻他的眼睛却充满了一种莫名的诱惑，虽然已变得血红，但那深沉而忧郁的光芒，好像有无形的力量在追芙。瓶内的酒只剩下小半时，他忽然愣愣地站了起来，说，我得走了，你也该回家了。然后又绕到桌子这边，轻轻地抚摸一下芙的头发，你叫我一声哥哥，好吗？

芙有些眼泪汪汪地仰起脸，却没喊他哥哥，只是说，你肯告诉我你的名字和单位吗？

他似乎有几分失望地苦笑，随即从棉大衣兜里掏出笔和一个小本子，在本上扯了一页，粗粗写下几行字，便头也不回地消失在餐馆外面的夜色之中。

芙没再赶上去，呆呆地望着纸片上的文字发怔。

一年来，芙就按照这纸上的地址和姓名发了一封又一封的信，可除了信封上多了查无此人四个字外，几乎全部原封不动地退回来了。她疑心那四个字就是他的笔迹，可他根本没有阅读信的内容呀！芙很失望，但失望又更多地被一种好胜所代替，写信已成了她精神生活的必需……

深秋以后，芙就每天穿上这条暗绿色的长裙，乘公共汽车上下班。她期望一年前的一幕能再度出现。

天气越来越寒冷，而且连日来天低云暗，压得人心里直发慌。虽然这是大雪将至的信号，但同时也意味着暗绿长裙的使命将在这一年度内结束。芙懊丧极了。这天下班后，她没有再去等公共汽车，迎着嗖嗖寒风跑了好远的路，走进一家门窗和她的长裙有着相似颜色的邮电所。等芙呵热了冻麻的小手，将一张明信片轻轻投入邮筒，转身出门时，昏暗的天空中已飘起了雪花……

从外表上看，斐是个长得十分平淡的女子，谁也不知道她的内心世界有多么丰富。这形成了很大的反差，以致不少男人在接触她的时候都走入了误区。于是，三十岁的斐还是孑然一人。

斐绝对不会想到，在她三十一岁生日那天，竟有个素不相识的男人直愣愣地闯进她平静如水的生活。

其实斐早把自己的生日忘记了。可那天傍晚，几位老同学分别带了丈夫、罐头和酒突然出现在门口，斐才忙不迭跑下楼去买来蛋糕和蜡烛。等大家围桌坐定，斐发觉他们中间还有一位单独的男子。大概他也同时发现了斐诧异的眼神，不由微微一笑简单介绍了自己。他说他是她老同学现在的同事，下班时听说今晚有一项有趣的活动就跟着来了，他说他一向喜欢凑热闹。说着他还礼貌地欠欠身，他请斐原谅他的冒昧。

你真是一个有趣的人。斐当时也笑了起来，她奇怪自己怎么会笑得一反常态地开心，甚至还有几分娇甜。

晚餐开始，这个似乎是局外人的男子反倒成了主角，他机智、风趣、滔滔不绝。当然他也善于沉默，这种时候他就眯缝起双眼，一声不响地吸着烟，听其他人说话。斐简直被他吸引住了，几乎忘记了旁边还有别人的存在。一瞬间里，她隐约感到某种可能将要出现。

大约到了午夜时分，大家都站起来准备告辞，斐突然有些怅然地对那男子脱口说出，我看你醉了，再坐下喝口茶吧。那男子便留下来，其余的人则善意地笑笑走了。

斐给他泡了一杯很浓的茶。她感觉自己的手抖得厉害，茶杯放上桌面的那一刻，水溅了好多。

他已完全呈醉态，摇摇晃晃上了趟卫生间回来，脸上尽是水淋淋的。他说，我是不是有些失态了？

或许，失态反倒更真实呢？斐说着，递给他一条毛巾，然后坐下。我就恨自己很少失态。停了一会，斐又说，我古怪吗？

他拿毛巾擦完脸，没有回答，静静地看了斐许久，他说，后会有期吧。

斐就伸出手去同他握了握。下楼梯的时候，他忽然又回头对站在门前的斐低声说了句，也许，你合适我。

这一夜，斐非常的难受。外面的风刮得斐一点也睡不着，她下床打开台灯，放了一张唱片，充满感伤的古典音乐就立刻弥漫了这间小屋。谁都不合适自己，自己不会合适任何人，这是命中注定。

窗外渐亮，斐惊喜地发现昨夜已悄悄下了场大雪。在眼前这一片晶莹中，斐知道自己已回到了自己身上。她从抽屉里找出一张空白的明信片，心境异常宁静地写下了几行文字……

陆开始在古老的护城河边散步，已经是初夏季节了。他不知道怎么会养成这样的习惯：每当太阳西下，就将自行车骑到城市的东北角，停放在一株很大的杨柳树下，然后沿着那条波光粼粼的河水来来回回地走，一直要走到夜幕彻底降临……近一段时间里，陆似乎才悟到，去年冬天的那张明信片改变了自己，尽管至今它仍是个谜。但这个有几分美丽也有几分荒唐的谜，毕竟伴随自己度过了半个冬天和一个春天，而使自己脱了不少浮躁，多了些深沉。陆甚至深深地感激起这张莫名的明信片来……

那个叫芙的女孩却已不再穿暗绿色的长裙了，她把它压进了柜底。芙现在有好多裙子。各色各样的，也完全弄不清楚哪一条是谁送的了，她感到满足。去年冬季的芙已不复存在，虽然她偶尔记起那黄昏，那雪中寄出的明信片，多少有一丝儿酸涩的味道，但更多的是庆幸，辛亏自己成熟起来了，不再像个傻妞……

夜深的时候，陆才推了自行车往家的方向走，在一条小巷的中段，他突然为一低沉的歌声所止步。歌声正由小楼还透着幽光的窗口飘出，如一条流动的小溪缓缓地向巷的两头延伸，给整个巷子都罩上了一层氤氲之气。

小楼上住着一位三十二岁的独身女人，她叫斐。

此刻，斐正在反复听那张她最喜爱的唱片，B面上有支眼下还不大流行的歌——对一张明信片的解释。

微风

斐是让一种十分刺耳的声音惊醒的。

斐惊醒后的头一件事，就是从那张沙发上弹起来，扑向朝南的大窗子。斐使劲一拉挂在墙角的两根绳子中的一根，立刻，米黄色的天鹅绒落地窗帘就分开到两边去了。

斐的窗外是个花园。可现在并没有花，只有一批绿色的植物在夏日午后的阳光下，静静地挺立。刚才刺耳的怪声已经消失，这时连一个人影也没有。斐又迅速将两片天鹅绒并拢了，房间变得很暗。

斐被惊醒前，正沉沉地与沙发软垫们蜷作一体。她记不清楚是怎样睡着的了，但那个姿势，似乎现在还让她感到舒服。斐脑子有些昏沉，又努力回忆起刚才是不是做了什么梦，想想没有，可也睡得不是很死，好像大片大片的白色正朝自己眼前逼近，逼近……

斐的玻璃窗是半开的，这样就有些微风吹进来。斐清醒了一些，便披着很透明的睡衣坐到梳妆台前。几天来，斐总感觉有种茫然的兴奋，使她无所适从。在对面的大圆镜子里，斐甚至发现自己的眼神中竟还有几分不安的成分。那是一种非常复杂的感觉。究竟为了什么，她不知道。这时，窗帘又被风鼓起，斐捏了一支口红盲目地往嘴唇上抹着，薄薄的嘴唇即刻便变得血红。斐又感到十分别扭。可同时，斐第一次发现了自己唇上边的那一部分如此生动。那是一片极细软的绒毛，平常根本不会注意到的，而现在它们在一缕阳光的投照下全变成了淡淡的金黄色，仿佛带着一种神秘的气息在微微起伏……斐深深地陶醉了。可惜，这一瞬间很快过去，窗帘复又合上，纹丝不动。

斐站起来，走到窗前慢慢掀开了天鹅绒，她希望能重新发现点什么。这样，也就是斐开始朝远处眺望的那一刻，她意外地看见树丛深处有个晃动着的人影。

斐顿时充满了恐惧感。那人影离窗子大约四五米，背朝着她，很魁梧。是丈夫吗？不，丈夫很瘦，那又会是谁？斐躲在窗帘后面紧张地窥视了许久。一阵恐惧感过去以后，她又似乎有些失望。

窗外其实十分平静，连一丝儿风都没有了。一片白花花的阳光均匀地铺洒着花园的一切，植物、草坪及过道。几棵高大的树上，知了竭力地证实着夏天的存在。这是一幅毫无生气的风景。

斐回到沙发上，躺下去，却再也不可能入睡。她意识到这是由一种暂时的被压抑了的兴奋，和这兴奋所带来的茫然造成的。于是，她又扭头去看窗口，窗帘又晃了一下，总像有什么东西在蠕动。斐再度紧张起来，但紧张之外又被那茫然的兴奋所占据。在此刻，恐惧、兴奋、茫然，已与斐的身心浑然一体，同时斐的潜意识里还萌生出一种荒唐的联想，她企望那个人影突然复现，甚至会一步步走近窗口，破窗而入……而当那个人正要接触到自己的身体，转过脸来时，却分明是丈夫……斐不自觉地笑了一下，红潮悄悄地涸上她的两颊。

红色的壁纸十分平整地铺在墙面上，这是斐执意选定的。斐一直希望有一个强烈的环境。现在，一条蛇一样的阳光，正一动不动趴在墙上，大概还是窗帘不严实的缘故。初夏午后的阳光哪怕一缕，都似乎充满了莫名的诱惑。看着看着，让人有点心慌。

斐再次从沙发上站起来，先在卫生间里用凉水狠狠地冲了把脸，然后走进厨房去。斐决定彻底忘掉那扇窗子，开始洗涮、抹桌、拖地，用整整一个下午来折磨自己。

斐想，应该精疲力竭才好。

长笛

每逢黄昏
她就把屋后的小窗
打开

黛紫色的笛音，从
另一扇打开的窗里偷偷淌出

一位披长发的小伙子
照例吹长笛

她舒服极了，像躺着
一片松软的草坪
并且，会记起各种各样的事情……
但她从没去找过他
这声音很忧伤也很迷人
后来
她有一位很爱她的男朋友

这是冬天了，小窗
也没再开过
可她很想知道
隔壁的小伙子，是不是
还在吹着长笛

「反差」：常规与异常之幽默

"反　"：常规与异常之幽默

创意写作的过程中，我也常常想到这样的一个问题：幽默是如何产生的？想到最后，我觉得只能是这两个字：反差。各种各样的反差，特别是虚拟的浪漫与无奈之现实的反差。

那反差又是怎样产生的？本质就是常规与异常。在现实生活里，往往常规之中包含着异常的因素，而异常中间又恰恰呈现得很常规。或者你观察的视角是异常的，或者事物本身具有非常规的特质，总之在这样的形态下，反差自然就形成了，继而它就成了带有喜剧元素的那么点幽默。

其实，喜剧片、小品、相声……就这么来了。

诗，当然也可以是幽默的。有一个阶段，我写了一批极简的，并自认为是幽默的诗。当年的《星星》诗刊就发表过一组，这里就是其中的两首。

《现实一种》最早的创意点可能还是一幅漫画，标题好像叫"我的自行车丢了"，画面上是数不清的如排山倒海似的自行车停车场，角落才有一个小小的男子，在很焦急地找寻自己的车辆——画面本身的反差的处理，就赋予了读者很大的幽默感，而深入思考进去，社会、现实、生活……无数的压力，实实在在的压力正把一个小人物挤压得喘不过气来，他不可能挣扎了，有的只是茫然、失落与无奈——这是漫画所给我的感受，那真正的现实呢？因为当时年轻，还有浪漫和梦想，还那么怀抱"灯火阑珊处"的诗意，但正是它，给无奇、无趣、无聊、无奈的现实生活带来了莫大的反差。反差是真实的，于是浪漫便自然成了虚幻，自然成了真的梦，而已非梦想。

有一位女子，她姓巢，别人问她是哪个"chao"？她似乎总以异常自豪的神态答道："我是雀巢的巢！"因为那个时期"味道好极了"的雀巢咖啡真的非常风行，连涉及这个"巢"字好像都沾了光嘛。可是后来我听说了在她光鲜的、神采飞扬的表象背后，其实是一种压抑的、无趣的，甚至毫无生气的常规生活，于是，这种反差的感受下，《雀巢》就流到了笔尖。

再说短小说《呼吸》，女主人公杜纯的原型，是朋友单位的一位同事。其实根本算不得原型，只是有天闲聊时无意间说到，这位同事的男友居然说最爱她的是她的呼吸——当时我觉得很搞笑。我听说过无数种喜欢，或者钟情对方的理由，但还从没听到过有爱呼吸的。

但"呼吸"竟就成了这篇小说的创意点。

当然，呼吸是一种生命的形态，也是一种生活的气息，尤其在这位男友那里充分地浪漫化了。可以想象，当一位美人双唇微启，香气徐吐，起伏有致的片刻，是怎样一种美妙的感觉呢？可惜我见过朋友的这位女同事，好像并不美，甚而气质还有些粗糙，不过这并不妨碍在其男友的情眼里成为西施——如果，每个人在情感生活里都能如此，世界必定美好得多。

可无情的现实它每天都在磨损、消弭，进而摧毁多情的人们许许多多美丽浪漫的想象，它时刻在告诉你：现实是正常的，哪怕你在常规中感受着异常，哪怕这异常的感受是多么好，但也是精神的自慰。或许，更残酷地假设，所谓爱上的呼吸，其实根本不是其男友的心声，而只是她自己虚拟的虚荣，与臆想的满足呢？

事实果真如此。我之后知道过他（她）们的一些事之后，虽然他们好像还生活在同一屋檐下，但呼吸的频率肯定不是原先的感觉了，不管是谁的感觉。这样的现实应该是正常的，它是生活在岁月里过滤的反差——这样，我就一点都不觉得关于呼吸的故事或细节，有什么搞笑了，却是一种灰色的幽默。

写作实验 VII

现实一种

雀巢

呼吸

现实一种

梦里寻他千百度
蓦然回首
那人却在
自行车存放处

雀巢

有一种咖啡
叫雀巢
味道好极了

有一种生活
也叫雀巢
味道——
……怎么说呢

呼吸

少女杜纯居然是在跟她的男朋友韦兴平第一次做爱以后，才明白自己之所以被爱的原因的。

当时，杜纯已套上小背心，抽泣着问："为什么爱我，你说，你到底爱我什么？"

"呼吸，"韦兴平一面拉牛仔裤的拉链，一面不假思索地答道，"有什么为什么，我就喜欢你的呼吸。"

杜纯停止抽泣，怔怔地望着韦兴平，疑惑使泪花凝结在睫毛上。

韦兴平走过去，抚慰了下杜纯的双肩："看你傻愣的样子，不记得我们是怎么认识的了？"

杜纯的不自信并非毫无根据。她的确长得很一般，甚至五官方面，从局部看还多少有些失真。杜纯被淹没在五光十色的大学校园里，属于极其正常的事情。但这一切，都不可能阻碍一个女孩子的思春情怀，顾影自怜的同时，杜纯总固执地幻想着白马王子……可她没想到，这一年暑假奇迹就出现了。

杜纯是在中文系几位女同学的怂恿下，跟着去普陀山旅游的，上了轮船，她才知道同行的还有两名男生。杜纯当时便有些莫名的紧张。"保镖"，其中一个男生笑嘻嘻地说。接着杜纯就知道了他叫韦兴平。

就这么认识的，旅途中也没有任何故事发生。韦兴平的丘比特箭，则经过了漫长的秋冬之锤炼，直至今年春回大地才正式射出。虽时距遥遥，但一箭中的。

现在，韦兴平在杜纯的家里已穿好T恤衫，随手点了根烟，说："我就是爱你的呼吸，记得那时在普陀山海边，你躺在沙滩上，呼吸的样子简直让人心动，好像大海沙滩一起跟着你呼吸，我都看呆了——"

"我怎么不知道？"杜纯有点破涕为笑的意思了。

"你闭着眼睛，"韦兴平说着揿灭烟头，"好了，你爸快回来了，到时候我就扮演一个远道而来的谦谦学子，专程上门向教授大人讨教学术问题，没准他还会留我吃饭。"

"骗子！"杜纯终于笑了。这一笑，无疑加速了少女奔向少妇的进程。

韦兴平爱看杜纯的呼吸，可校方偏不近人情。毕业分配，韦兴平必须返回考来时的那座小城。

韦兴平一向春风得意的脸上，出现了万般沮丧。那几天，他几乎始终在重复一句话："我要看不到你的呼吸了，怎么办呢？"

杜纯说："我最看不得男人这种窝囊样了，留不下来，就跟你走。"杜纯其实是这样一种女孩子，平日里任性，想入非非，但一旦紧要关头，却比谁都富于牺牲精神。她骨子里是个嫁鸡随鸡、嫁狗随狗的女人。

对于校方棒打鸳鸯的决定，杜纯别无选择。最后，她只说了句"给我找个好工作就行"，便把牛皮纸档案袋往背包里一塞，毅然跟韦兴平上了火车。虽谈不上私奔，但充满了离家出走的那类紧张和仓促，教授父亲由此导致的呼吸异常自然也置之度外。

韦兴平到大学去教书了，杜纯学的是英语，几经周折，终于落实在一家合资企业搞搞翻译。接下来的事便是安家。

上大学前，韦兴平一直和母亲相依为命的，现在各自的单位都不可能马上解决住房，还得在原先的中套里腾一间作新房。

母亲住的是大间，但目前她已病入膏肓，整天躺在床上。韦兴平开不了口，只好殚思竭虑装点小房间。况且还有一项仪式必须尽快履行，结婚，以防万一哪天母亲突然停止了呼吸。这在当地叫作抢婚。

没有婚纱，没有录像，没有扎满鲜花的轿车……反正杜纯想象中的全没有。所谓婚宴，也只是请了两桌亲朋好友吃一顿，草草了事。不过，杜纯对新房的装饰还是满意的，韦兴平的苦心感动得她一切都不再计较。

墙纸、窗帘全是湖蓝色调的，枕套被套床罩则一律采用土黄色与褐色相混和的绸缎质地。杜纯知道，韦兴平要制造那种海滩的氛围，当然更证实了他对她呼吸的迷恋。确实，订婚之夜韦兴平没有急于上床，而是借着床头一盏落地灯的幽光，默默地抽烟，直到用凝视将妻子送进梦乡。

海滩的空间是凝固的，不会有潮涨潮落，但时间仍在一点点地流走。初冬来临，韦兴平的种子在杜纯肚里已有发芽的迹象。

一天，杜纯下班回家，听见韦兴平好像在里面跟母亲说话。她站着没动。

"妈，她怀孕了，你得坚持坚持，亲眼看看孙子呀。"韦兴平的声音还有些哽咽。

妈一连叹了几口气，然后说："我也不晓得你怎么会寻她的，要相貌没相貌，又一样事情都不会做……"

"妈，可我喜欢看她——"

"她有什么好看的，要看买张月历贴在墙上看好了，唉，我死了，真不晓得你们怎么过……"

不知是韦兴平自己不想把后半句话说出来，还是母亲打断了他，反正这一回杜纯没听见"呼吸"二字。杜绝不愿再听下去了，就过去放水冲了一遍坐便器。里面的说话声也戛然而止。

杜纯并没有过于生气，她懂得情绪的波动对胎儿不利。她只觉得这对母子有些可笑。不过从此以后，杜纯就没再叫过韦兴平的母亲妈。

所幸的是，婆媳关系未能发展到恶化的地步，韦兴平的妈便知趣地走了。这时已近夏末，一阶段里，韦兴平基本上全在送旧迎新的悲喜交织中忙碌。

杜纯生的果真是儿子，但由于早产，弄得人手忙脚乱。本来韦兴平还计划着将母亲的遗物清理完毕后，再对大房间如法布置一番的，可什么都来不及了。

儿子的名字是韦兴平起的，叫普，为了纪念直接决定他生命的父母初识普陀山。但韦普来临的本身，却一点诗意也没有。摇篮，奶瓶，尿布，加上无休止的啼哭，韦兴平已经完全丧失了观看妻子呼吸的兴致和工夫。好容易捱到母子俩入睡，他就赶紧溜进原先的新房，在渐渐变淡的蓝色中，拼命吸烟。

有一个事实也许注定要发生。那天韦兴平从外边回来，开口就对杜纯说："我辞职了。"

杜纯正在把普普尿，一听这话，她的眼睛就迅速由儿子的小麻雀转向丈夫："那你干什么？"

"下海。"韦兴平的口气还是惯常的坚决，但杜纯听得出，音质里毕竟少了当年在普陀山说下海时那一份率真的明亮。

杜纯的心口泛过一阵酸涩，她说："你怎么也不事先同我商量，说真的，当时我爸唯一能接受的是，你还是一个知识分子——"

"哼，自己生存都管不住了，还管你爸的观念？"韦兴平冷笑着打断杜纯，"你也该现实一点了，普普在长大，你单位的情况明摆着，要不再过一个月就去上班，要不拿六折工资，而你一旦去上班，就必须请保姆，杜纯你想想，这哪一样能不跟钱搭界？噢，你以为我喜欢到商场上去混，可我不下地狱，谁下地狱！"最后两句，韦兴平是近乎吼叫般说出来的。

韦兴平第一次发这么大的火，事后彼此都有些后悔。尤其在杜纯心中，似乎丈夫的态度要比他行动本身更令人难过。可面对一只已有了裂纹的瓷瓶，大家都得小心翼翼地呵护它。

韦兴平开始不断外出，而且毫无规律。有时一早便没了人影，有时会蒙头睡上半天，深夜不归也是常事。杜纯不愿为此再发生争执，偶尔才问上一两句。这种时候，韦兴平就笑着说："人在商场身不由己哪。"望着丈夫卓有成就的笑容，杜纯感到迷惘。

有一天，杜纯看见韦兴平握着大哥大，正在开心地逗普普玩，便上前试探地问："兴平，我的产假快满了，你说是歇下去，还是请保姆？"

韦兴平又"嘀嘀"按了两下手机键，头也不抬地反问道："你说呢？"

杜纯说："我还是想去上班，否则不成家庭妇女了。"

"算了吧，"韦兴平这才转过头来，"你那几个工资我闭着眼睛都能捡。"停了停，他又说："杜纯你待在家吧，我随时都好看你呼吸呀。"

杜纯没想到，这时韦兴平嘴里还会突然冒出这个字眼，显得十分别扭。"其实你根本不在意我的呼吸了。"杜纯鼻子一酸，所有的委屈全涌了上来。

韦兴平放下普普，有点勉强地笑着道："我怎么会不在意呢，可杜纯我们先得在经济上解放自己，到时你才会呼吸得痛快、舒畅，人要连饭都吃不好，还怎么呼吸……"

杜纯看着憨态可掬的儿子，不再作声。丈夫说的不是没有道理，现实的哲学应该如此。杜纯不愿再想下去了，此刻，她满脑子只有一个英语单词：fortune（命运）。

杜纯终于没有去上班，她习惯了独自体味知足常乐的内涵。

可这天晚上，杜纯把普普哄入睡后，忽然有一个强烈的念头，她要知道丈夫韦兴平此刻究竟在做什么，而且要马上见到他。杜纯想了想，他出去时好像咕了句"上阿奇家"的，于是，她就轻轻合上门，从楼梯拐角处艰难地挪出了已经尘封的自行车。

杜纯认识阿奇家，韦兴平曾带她去翻译过一张家电说明书。路不算远，只是风大。

客厅里的情景，使杜纯惊讶得一句话都说不出来。烟雾缭绕中，韦兴平、阿奇，加上两个陌生的男人，正凑在方桌前打牌，各自手头还压着一叠钱。杜纯的眼睛、鼻子本来就冻得发疼，她努力克制着，走到自己丈夫身边，一把抓过他手中的剩牌，撕了个粉碎。

杜纯不愿看到此时丈夫的任何反应，掉头就冲出门去。但背后传来的说话声她还是听清楚了。阿奇说："你老婆怎么这样凶啊？"接着，韦兴平一声沉重的叹息。

韦兴平垂头丧气回到家里时，一切比他预想的要好。杜纯已经睡了，床头的落地灯却还亮着。韦兴平舒了一口气，走过去，在对面的沙发上坐下。

妻子杜纯被普普挤到床沿，蜷缩着身子，睡得紧张而疲倦，彤红的两颊似乎还留有泪痕。韦兴平木然地看了许久，突然他感到，他所钟爱的杜纯的呼吸，已变得粗重、浑滞，甚至还夹杂着一丝鼾声。

记忆、内在幻想、想象的快感

记忆、内在幻想、想象的快感

　　对于一位写作者来说，记忆确实非常重要，它就像"某某源"一样，是素材的仓库。但记忆只是记忆，远不是创忆，更非创意，它需要有一种东西来激活它，那便是想象，甚至是幻想。

　　我读过一篇"口述历史"研究专家杨祥银博士的访谈，标题很有冲击力："'记忆的不可靠性'可能是一种财富"，他在文中讲道："记忆有助于我们理解过去的经历与现实的生活之间的互动关系，它远不是一种消极的容器或储藏系统，而是一种积极的塑造力量——它是动态的，它试图象征性地遗忘的东西同它所回忆的东西是同样重要的。"他说的"动态"和"象征性地遗忘"，就是"记忆的不可靠性"，那对纪实性的"口述历史"都可能是一种财富，何况文学性的创意写作呢？

于是，记忆中的遗忘就给想象留出了空间，在动态思维的过程中，带有遗忘的记忆正好与富于情绪的想象互相利用，互为交织，互动互补，尤其是一种内在幻想的激活，使写作者的思维在那一刻超越了历史性质或事件性质，而完全成为艺术性质的，诗人性质的——所以，英国的散文家约瑟夫·艾迪生会专门写一本书，书名就叫《想象的快感》。

想象确是有快感的，诗《树与人》就完全是想象的产物。我只是偶尔一次看到一个遮住面部的人，躺在一棵大树根上的场景，就怎么也忘不了，它就不断地刺激着我富于快感的想象，甚至我也不知道那些句子是怎样淌出来的。

有位我并不相识的文友，曾在《中国青年报》上评到我这首诗，他写道："这样的树，这样的人，已令人有一种莫名的感叹，更令人激动的，却是好像你同作者一起走到了某种顿悟的边缘，却忽然间四顾茫然了。诗恒为一谜，它会带来奇特的感受。"我真不知道自己私人性的内在幻想，能够给予读者以奇特感受。

想象有时还是没完没了的，写了小诗并不过瘾，不久我又写下《树下》的短小说。或许是对树的内在幻想之延伸，或许是树与我的因缘——因为就在那期间，我真的在另一棵大树身上，看到过刀刻下的就是小说里写到的那两个句子。之后又在某次电梯的内壁上见过这样的涂鸦："曾经我以为我是风，无形推动着万物……我不会娶你。"居然还有另一种笔迹的回应："我也不会嫁给你。"——至于谁写的并不重要，但这其中一定有故事，而且说不定还是浪漫迷离，或者令人唏嘘的故事呢。在如此氛围下的想象或幻想，当然是快感的，反过来说，快感的想象也正是写作的创意点之一。

《柔性的凶案》则真是记忆、内在幻想与想象快感交织写成的。

记得当时我所居住的小城里真的发生过一起颇为扑朔迷离的凶杀案，当然我是从报道上得知的，但我似乎异常的好奇，正应了法国导演路易·马卢说过的："有时候我觉得自己的工作就像是私人侦探，我喜欢发现别人的生活，即使他们处于极度的痛苦之中。"但我不是导演，也不是侦探，我只是一个充满好奇心的写作者，所以对于那个案情，我既没有走访调研，更没有深入跟踪，我就任凭好奇心的驱使，调动记忆的库存，把它们打碎、打碎，丢在我想象的水缸里快乐地搅拌起来。

搅拌的过程中，有两个关键的创意点出现了：一个是男主人公章康，另一个就是文中叫"一剪美"的姐妹发廊。

章康其实是我认识的许多男人的结合体。说实话，我对他们这类人的情爱观，尤其是对女人的态度有一定的好奇，但也不免轻蔑，因为他们的问题倒还不是"花"，而是自我膨胀，不懂得尊重人，不是怜香惜玉，而是偷香窃玉——所以，我就把小说要写出来的那个凶案的受害者，套在了那个叫章康的家伙头上。我想象案情真如我所描写的那样，就一定是章康。

发廊是真存在过的，剪发的也确是一对可爱而略带青涩的姐妹花，她们都很小，但至少其中一位像姐姐的手艺不错，我有次路过就进去理了一回发。特别是买单时因为她们缺了三元零钱的找头，我说算了，但那个妹妹样的还是跑着去附近的小卖店破开整票给了我零头。于是她们就给了我很深很好的印象，只是发廊的名字我已经忘了，但肯定不是"一剪美"。过了一阵，我又需要理发时，自然又想到了她们，可当我走到那家发廊门前，看到的是被环形锁紧锁的玻璃门，我问边上晒着太阳的邻居，一位头也没抬的老太说：搬走了。随即边上另一位老头倒似乎异常亢奋地用手比划了一下：抓走啦！——抓走啦？惊愕之余，我掉头就走，但一路上，某种莫名的说不出的感伤，甚至失落，就一直罩着我漫步——谁抓的？公安局？为什么……她俩那么小，那么美，那么的单纯，有什么至于……但我真的不知道，在写作这篇小说时，我怎么会把她俩同章康纠结到一块了呢？

或许，正是所谓的"内在幻想"激活了写作创意，美国教授创意写作课程的布拉德·伯里就认为："看"使之形象化，"听"触到了你的心声，而由此"幻想"，接下来发生了什么？

我没有明确小说的结局，因为我真的不知道生活里和写作中"接下来会发生什么"。我也不知道写作这篇小说的旨意何在，只觉得有一些零散的记忆被一种幻想催化的情绪所驱使——最后，我只能引用纳博科夫的话来自解："写作的艺术首先应将这个世界视为潜在的小说来观察，不然这门艺术就成了无所作为的行当。"

写作实验 Ⅷ

柔性的凶案

树下

树与人

柔性的凶案

章康被人捅了一刀。

我一听这消息当场就说："事情准出在女人身上，这小子的鸡巴最不肯安分了。"说完，我好像还为自己准确的评判而得意地咂了咂嘴。可惜我忘记了说这话的场合和对象，坐在我对面的分明是两位前来调查案情的警察同志。

警察没有穿制服，是便衣，这可能就是造成我比较放肆的原因之一，而且他们的态度也都比一般穿制服的警察要来得和善。果然，他们并不计较我的粗话，左边一位年长些的似乎还满意地点点头："说下去。"

这样一来，我倒变得结巴起来："再、再、再说什么？"

"你刚才的话有一定道理，我们是希望你帮着分析一下，可能会跟哪个女人有牵连。"右边年轻的发话了，同时给我扔了支香烟。

我把烟塞到嘴角，但他只给他们自己点上，于是我只好浑身上下找火，最后还是伸出手去向他们要了。"这我就说不准了，"我说，"你们不好问问他本人去？"

大概看我有些支支吾吾的，没有开头爽气了，两位警察的脸色就同时严肃起来。年长的说："章康腰部受了重伤，现在还在医院里昏迷不醒。"

我感觉事情有些严重了："那你们怎么想到来问我？"

"他老婆讲的，说你们是哥们儿。"年轻的说完，又补上一句，"她说章康的事你不会不知道。"

妈的——我差点骂出声来，章康老婆那张满是雀斑的脸很快在我眼前一闪。"这娘们儿也太抬举她老公了。我跟章康是什么哥们儿？顶多算一般的朋友！"我感到自己非常生气，尽管生气的理由并不完全充分。但有一点我很清楚，这肯定不是什么好事情，而且一缠在里面就没完没了。

听我叫完，警察没有马上表态。接着两人耳语几句后，年长的就站起来说："你不要冲动嘛，她又没指控你。这样吧，你回头好好回忆回忆，看能否给我们提供些线索，过两天再联系吧。"

走到门口，我忽然又叫住警察："如果你们还一定要来找我，下次可千万别上我家。今天幸亏我爱人没下班，否则她，还有邻居什么都要误会了。"

两位警察看看我，"所以我们没穿制服嘛。"说着转身走了。

警察一走，我想有一件事我应该马上去做，那就是去医院看望一下章康。不管怎么说，这小子毕竟还是我的朋友。朋友挨了刀，而且生命垂危，不去，道义上是说不过去的。但我刚打开防盗门，妻子正好下班回家。我就接过她拎在手中的一袋大白菜，退回到客厅里。

妻子大概看我心神不定的样子，有些奇怪："刚才我在楼梯口碰见两个陌生人，是不是来找你的？我怎么从来没见过？"

"你当然不会见过了，他们是警察。"我说。

"警察？"妻子简直用一种审视的目光看着我，"你在外头闯什么祸了？快别瞒我。"

"喏，喏，我晓得你要误会了吧。"接着，我就把章康的事给她讲了一遍，然后我说："我现在要买几对腰子去医院看看章康。"

妻子说："买腰子做什么？"

我说："不是讲吃什么补什么吗？"

"你刚才说他都生命垂危了，还能吃腰子？"妻子对章康毕竟没有一点感情色彩，所以显得很冷静，"再说现在的腰子也不新鲜了，一股尿臊味。"

"那我买什么？总不能空着手去吧？"

"你们反正是好朋友，用不着这么讲究礼节的……"

妈的，连老婆居然也认为我跟章康是好朋友！但此刻我懒得与她争辩了，一推门就冲了出去。

妻子说得是有道理，章康现在躺在医院的观察室里，不要说吃腰子，就连水也不能喝，要靠那一根细细的透明软管，滴到他的身体里去。章康的脖子以下全让一床白色的床单罩住，我所能看见的只有他那张毫无血色的脸。夕阳的余晖从窗外投进来，正好照在他脸上，使他凝固的表情越发痛苦了。

我低低地叫了几声章康，但他依然双目紧闭，没有一丝反应。他的鼻翼好在还微微翕动着，可我不知道是他自己的呼吸，还是插在鼻孔里的两根橡皮管的作用。最可怕的是他的嘴巴了，那两片可能积累过无数接吻经验的极富活力的嘴唇，如今却好像勉强粘在上面的两小片卫生纸，而且还扭曲着。总之，眼前章康的头就如同一只被雕塑家搞坏了的石膏像毛坯，甚至令我怀疑这根本不是章康，而是另一个也叫章康的人。

观察室只有一张床，也就是说只躺了章康一个人。奇怪的是，从我进来到现在，还没有第二个人来看过他。章康平日人缘还不错呀，想到这一点，我内心里就不由得泛起一阵悲凉。不过，对于章康来说，有没有人待在他身边目前毫无意义。我想我也可以走了。

走廊里，我远远地看见章康满脸雀斑的妻子正站在那一头。我觉得应该过去多少安慰她几句。可刚走到一半，我就为她目光里射出的某种不大友善的东西停住了。这娘们儿，好像是我让她老公挨刀子的，莫名其妙！

回到家里，妻子问："章康能不能吃腰子？"

"还能吃腰子？恐怕得换腰子了。"讲完这一句，后来我就一直没再说话。

妻子一上床就进入了梦乡，可我今天翻来覆去怎么也睡不着，脑子里一会儿是章康那张变形的脸，一会儿是他被罩在白色床单下的腰的部位，或是插满了各式各样的管子，或是鲜血从白花花的肉体间喷涌出来……人真是太空了，脆弱得就像一张纸，哪怕只在上面剪一个小小的豁口，马上就不成样子。那么，到底是谁玩了这么残酷的剪纸呢？我想章康自己心里是绝对有数的。问题是章康到现在还没有醒过来，也许永远醒不过来了；也许醒过来，脑子已经不管用了，无论怎么说，我都应该帮他想，帮他作分析和推测。

同女人有关这点是不会错的，范围得一点点缩小。但我刚想起一个叫陈小岚的女人的名字，忽然又迷迷糊糊地睡着了。

警察不守信用，这使我从此对这一职业的人产生了戒备心理。本来说好过两天再联系，而且不再上我家的，可早晨八点刚过，他们就按响了我的门铃。实际上我根本来不及生气，一开门，他们就已经站在了客厅里。好像他们不是走进来，而是闪进来的，顿时我联想起某些武侠片中的类似镜头。

进来的还是昨天两位，但他们今天全换了警服。我很快明白了他们的用意：昨天是投石问路，我却让他们失望了，于是他们就认为我是吃硬不吃软的人，应该公事公办。果然，我就被这样一种气氛逼得有些慌乱，同时也很狼狈。我刚从床上爬起来，除了一个极小的三角裤衩，身上其余的部分全光着。我也忘记让座倒茶了，赶紧先去床头找衣服。等我从卧室出来，两位警察已经自己坐下，我还想去卫生间刷牙洗脸，但年长的那位朝我招招手说："你先别折腾了，我们回头还要去其他地方。"

　　我就只好用双手挤挤干涩的隔夜面孔，在他俩对面坐了下来。

　　"你昨晚考虑了没有？"年长的问。

　　"不是讲好过两天的吗？"我还在为刚才被搅了的好梦而耿耿于怀，但我的话很快被他们所打断，而且他们都拿自信而犀利的眼光同时盯着我。"你的好朋友发生了这种事，你不可能不想到点什么的。"

　　好了，秀才遇着兵，有理说不清。我也不想再与他们争辩我同章康到底是不是好朋友的问题，干脆老实地说："想了，可我只想到一个女人的名字就睡着了。"

　　"那这个女人是谁？"可以看出，他们已经开始有发现猎物般的兴奋。

　　"她叫陈小岚，以前好像做过什么时装模特儿。"我说，"我也只看见过她一次。"

　　"你是什么时候见过她的，在什么地方，她和章康是什么关系，都详细说一说。"

　　警察同志提问时的表情，倒极像电视里经常出现的知识竞赛主持人，叫人紧张得气都喘不过来。我说："让我慢慢地一个一个问题来回答吧。陈小岚我是两年前见过的，具体时间当然记不清了，好像是秋天，不，也可能已经算冬天了，是在章康的家里，晚上。那天去了好多人，章康大概为庆祝什么事，大家去喝酒的。陈小岚同章康的关系嘛，这倒难说了——"这关系我的确说不准，情人、老婆、未婚妻，分明都不是，一急，我脱口而出："反正，他们肯定上过床。"

　　"你怎么能肯定他们上过床呢？"警察真不愧为警察，一点蛛丝马迹都不放过。

　　我就被他们问住了，愣了好半天，才说："这是章康自己讲的，章康高兴的时候，就会把自己干女人的事吹给大家听。"

　　好在警察听了我的解释，就似乎认可地点了点头，免得我再讲下去破坏精神文明。不过，他们又继续问道："你凭什么认为陈小岚跟章康被害的事有联系呢？"

这个问题就更难回答了，但话又收不回来，我只好急中生智还把题目推给章康，我说："这也是他自己讲的，他说过陈小岚的颧骨高，杀人不用刀，是要克男人的，所以后来他就把她甩了。"

那个年轻的警察本来一直在唰唰地做记录，听了我刚才的话，他就停下不记了，说："你这样讲就不大上路。"顿了顿他又说："那你再说说其他跟章康有瓜葛的女人。"

我觉得绝不能再由他们这样问下去了，如果要把同章康有来往的女人一个个地排队，恐怕一天一夜也排不完，况且我上班已足足迟到一个半小时了。我抬头看了一眼墙上的挂钟，然后很认真地对两位警察说："昨晚我就想到一个陈小岚，别的的确一时想不起来，我老婆就一向说我反应慢的。你们看这样好不好，现在我单位还有事要办，回了家我一定努力地想，有线索我主动去找你们汇报。"说这话的时候，我还尽量让自己的表情在诚恳里掺进几分痛苦，显得无可奈何。

两位警察相互望了望，分别说了"希望你配合我们的工作"、"协助我们来搞侦破"一类的意思，就一下子站起来，好像马上要将"见义勇为"什么奖章挂到我脖子上来似的。

等他们跨出门时，我才松了口气，于是又跟上去补一句："其实我同章康真不是好朋友！"两位警察肯定听见了，但他们头都没回。

我现在赶紧要拿破旧的自行车骑去上班了。我的单位是群众艺术馆，名义上算个创作员，实际上就是不断写一些配合形势的歌词、小品、快板之类。照我的才气，写此类东西自然驾轻就熟，但令人头痛的是老馆长死活不肯松动的八小时坐班制。我们要向机关看齐，这是老馆长治馆之本的第一条。可我今天又迟到了。老馆长每每遇见同志们不守纪律的现象，他脸上就会比自家出了丧事还要难过，这种表情当然又直接影响到我的情绪。昨天下午我夹着两本杂志早退时，老馆长正好拉着裤裆的拉链，从门卫边上的小便处出来，我的情绪刚被他破坏过一次，可今天我又迟到了。

一路上，我竭力想编织一条比较说得过去的理由，我想有关章康的情况是绝对不能告诉老馆长的，否则更麻烦。但我满脑子尽是章康。

章康是我几年前我小学的一位同学介绍认识的，当时在路上，大家匆匆握了握手，我对他也没特别深的印象。不过慢慢地，章康就经常找我去玩，喝酒、打牌、吹牛，还有卡拉OK什么的。开头我总认为他肯定对我是有所企图的，玩得也比较拘谨，后来章康大概看穿了我那点戒心，便呵呵笑着说："交朋友就讲个缘，你们舞文弄墨的心眼太小。"我想章康讲得不无道理，或者他就想在他的朋友圈中加上个舞文弄墨的品种罢了，再说大部分娱乐都由章康买单的，我又何不乐得轻松轻松？如果这样就算好朋友，也许章康的确是这样认为的，也许平常我不会去斤斤计较，但现在我还真感到委屈。

我对章康真的知之甚少。我知道他在经营一家公司，但我不知道他公司究竟是搞什么的。章康说"除飞机大炮和人肉，什么都做"。我也就这么理解了。我不知道章康的公司是赚还是亏，我只知道他花钱很大方，尤其在女人身上。至于他后来也难得给我说说他的内心世界，这是因为他已经没有什么朋友了，他原先一大批割头换颈的哥儿们全陆续地远离了他。而他之所以还能始终同我保持良好的关系，正在于我是唯一没跟他发生商业往来的。这一点我非常清楚。况且一般说来，我对章康最大的嗜好——女人，不会有什么妨碍和威胁。也就是说，我绝不可能同他争风吃醋。

这样想着，我就又记起两个女人的名字了。这两个女人一个叫林慧虹，另一个好像叫咪咪，她们分别是章康去年一年中的重点投资对象。

　　林慧虹我一次也没见过，但我看到过她的照片，那是在本市一本家庭人生刊物的封三上，她就是这本刊物的编辑。我不知道章康怎样同她搭上关系的，可我猜想这个叫林慧虹的女人可能在某件事上求助于章康。一次，我在章康家喝了酒，就拿这个意思试探他，他听了毫不掩饰地哈哈大笑道："算给你说对了，她是求助于我，开头是钱，现在是性。"我简直大吃一惊。说老实话，这两者好像都不应该发生在一位女编辑与章康之间。

　　当时，我看着章康一副眉飞色舞的得意状，再看看照片上那个让人颇感清高的林慧虹，还是没法将他们联系在一起。这并非我的想象力贫乏，没过多久，事实就证明章康的话至少是有水分的。林慧虹很快同他不再往来了。我并不知道这其中的详情，但我记得，章康的确为此沮丧过好一阵子。

　　我干吗要这么认真地去追忆章康那些无聊的艳遇？后来我明白了，这是警察同志交给我的任务，从现在开始，我就得随时准备着他们再次出现在我的面前。不过，假如章康这一刀根本与女人无关呢？不可能的。我相信我的直觉。在我的印象中，章康好像没有仇人。男人一般是为钱，而章康最大的优点就是从来不欠债，当然他也不让别人欠他的钱。况且警察同志也认为这条线索比较有价值嘛，还得顺着这个思路想下去。

　　可惜我刚接着要想那一个咪咪，我的单位就在眼前了。
　　我没有马上坐到我的办公桌前，而是一转身溜进了二楼西头的资料室，我要查一查去年我们馆搞卡拉OK大奖赛留下的那批照片。我想它肯定有助于我对那个咪咪的记忆。但管资料的老太翻箱倒柜找了好半天，还是没有找到，最后她想了想说，可能放到市中心的橱窗里展览过，展览完了就弄丢了。我站在资料室门口拍打身上的灰尘时，老馆长突然冒了出来。我刚要开口，他已经满脸舒展地先发话了："喔，我还当你又迟到了，没想到你会来这儿。对，咱们的资料室是应该充分利用起来。"我听着一边直点头，一边朝管资料的老太做眼色。老馆长的话无疑启发了我，下次要迟到了，我还得先上这儿来。

卡拉OK的照片找不到其实无关紧要，即使找到也未必一定有咪咪的镜头，她在我们组织的那次大奖赛中只得了鼓励奖。

其实咪咪的基础还是可以的，问题是她的发音和举止都过于做作，现在我是一点也想不起她真实的模样来了，一想，就老想到经常在电视屏幕露脸的歌星张咪。咪咪大概太崇拜张咪了，发型、装束、腔调，完全是按照张咪的路子来包装自己的。没想到她倒挺对章康这小子的胃口，那天章康跟我去看初赛，咪咪一出场他就凑着我的耳朵说："就这小妞还有点性感，保准很骚。"

当时我看着章康色眯眯的眼睛，就有些后悔把他带来了。可咪咪却被不幸言中，等到比赛结束，三搞两搞她居然就坐在章康的摩托车后面，两人很热络地钻进夜幕里去了。

隔天，我在电话里问章康："你怎么看出这小妞骚呢？"

章康笑得止都止不住，"骚当然不会写在脸上啦，这是学问。怎么你要讨教？不过我跟你说，即使你能看出骚了，也只是发现了炸药，还需要导火线。你晓得我这回的导火线是什么？她把我当成你们评委了……"

"什么？"他这样一讲我很恼火，"这是我单位里的事，你别瞎搞！"

章康大概听出我生气了，可他满不在乎："你老兄这么严肃干吗？

你要怕影响你们的声誉，老子让她退出比赛都无所谓。"

"算了吧，她不就是冲着比赛跟你做交易的吗？"我知道章康恨的就是"做交易"这个字眼，所以尽管他纵情声色，但从不与街头的鸡们沾边。他说他不喜欢一手交钱一手交货的方式。其实他自己心里很清楚，同他交往的大部分女人本质上也有相似的性质，只不过是形式的赤裸裸与衣冠楚楚的区别罢了。我想章康在电话那头一定很恼火，他立刻就把电话挂断了。

可我的话是忠言逆耳，半个月后章康也意识到了这一点，但是晚了。咪咪在我们那儿得了个鼓励奖后就一直缠着章康不放，她要他把她包装到广州或者深圳去，闹得很厉害，最后章康的老婆知道了，闹得就更厉害。夹在中间的章康只好来找我，希望我协助他兵分两路，他自己设法去打发咪咪，让我去做他老婆的工作。现在我明白了，肯定因为我扮演过一次说客的角色，章康的老婆便认定我是他的好朋友。甚至在那个满脸雀斑的女人眼里，不客气的说法就是同伙。

事后，我对章康说："你想没想到离婚？"

"干吗要离婚？老婆是专业的，其他嘛全不过是业余爱好。"这种说法倒是新鲜。章康瞪大眼睛看了我一眼，又接着说："这回真是差点在阴沟里翻船。哼！老子大风大浪见多了。"说完，他又跟没事一样。

这些记忆其实是我坐到办公桌边后，以及中午在食堂用餐时零零碎碎串起来的，想得我头都发胀。坦白地讲，也并非我对男女之事天生不感兴趣，而是一想到凡是与章康有染的女人便无聊极了。这种心理我曾对妻子讲过，妻子说："你其实是看不起章康的，是吗？"我说："当然。"因此从那时起，她就不再干涉我同章康的来往。

我在办公室里的一张三人沙发上躺下去，希望通过睡眠来中断这没完没了的回忆。可我还没入睡，桌上的电话铃就响了，而且响得很固执。

电话居然是找我的，我刚认可我的名字，对方就说："请你马上到局里来一趟。"

"局里？"这时我才反应过来，电话的那头还是警察。警察的口气不容迟疑："分局就在劳动大街。"

劳动大街我当然认识，每天上下班都要经过，但我可从没留意过分局在哪一段。因此我还是问了人才找到的。

等我的还是昨天上我家去过的两位警察，现在我知道了他们一个叫老陆，一个叫小薛，这是他们自己在彼此称呼中流露出来的。小薛拿椅子让我坐下后，老陆就开门见山地说："你昨天提供的那个陈小岚我们调查过了，是有这个人，但她半年前就因为卖淫问题被我们拘留了，至今还在劳教所里，也就是说她根本不可能跑出来作案。"

老陆说完，小薛又补充道："这样讲你听懂了吗？"

我怎么会听不懂呢？我说："不就是章康那一刀不是陈小岚捅的意思吗？我不懂的倒是你们干吗非要把我叫到局里来告诉我这件事，是她就抓，不是她就算……"

"我说你还没听懂吧，"小薛打断了我的话，"这样就需要你提供新的线索。"

不知怎的，我今天感到特别烦躁，好像面对的不是警察，倒是章康，他在把过去花在我身上的人情债一笔笔地收回去。我觉得我被这小子害苦了，但这层意思说出来也是白搭，还不如老老实实地把后来想到的林慧虹和咪咪早点告诉他们。

警察很有耐心，他们认真地听我将两个女人的情况说完，然后才对我说，林慧虹和咪咪的材料他们已经在别的地方掌握了。问我是否还有另外一些新内容。我说："我肯定要让你们失望，因为我真的想不出来了，章康也不可能把他搞过的女人统统给我汇报。"可话音刚落，我的脑子里还果真又跳出了一个女人的名字。

"喏，让你们一逼我倒是又想到一个，她叫杨磊，木易杨，三块石头的磊。"我觉得自己此时的神态一定有点过分了，简直像要出卖章康去邀功请赏似的。

小薛听了我的话，冷冷地说道："怎么是个男人的名字？"

"不可能，杨磊绝对是女的。"我觉得他们有点怀疑我谎报军情的味道，就很着急，又补充解释道，"女人用男人的名字很多，我小学的一个女同学还叫……"

其实这个女同学的名字我早已忘了，那时大家都叫她小男生，所以我还有些印象，此刻，幸亏老陆及时地打断了我。老陆说："名字是不能代表性别的，你抓紧把杨磊的情况给我们说一说。"

老陆的话让我更加发急，因为我除了她的名字其他一无所知。小薛明显有些生气，还是老陆，他开始提一些问题来启发我。譬如"你怎么知道这个名字的？""是否也是章康告诉你的？""你有没有见过她？""她跟章康是什么关系？""她的职业，也就是说她在哪儿工作？"等等。

我说："是的，我还是听章康讲的，我从没有见过她，章康也从来没说过她是干什么的，章康说起她是因为那一阵他在她身上碰到了难题。"

"难题？"老陆和小薛顿时都来了精神。

我说："那回章康很窝火地告诉我，他从没遇上过这种女人，别的什么都肯，就是死活不跟他上床。"

"那后来这难题解决没有？"小薛问。

我说："这我就不知道了。"

"还有没有关于杨磊的其他情况？"老陆又问。

我说："没有了。"

"那么，除了杨磊呢？"这次他们几乎是同时发问的。

我说："我真的实在汇报不出了，你们就不要再逼我，再逼我我就要弄虚作假了。"

两位警察便失望地看着我，那眼光好像打算扔掉一件一文不值的假古董一样，接着他们就站起来，淡淡地同我握了握手："那暂时就到这儿吧。"

我刚想如释重负地舒口气，但一听到"暂时"二字，这口气就居然没舒得出来。

警察第四次出现在我的面前时，已经非常不客气了，他们不仅全身制服，而且是直接闯到我单位里来的。老馆长陪在他们边上，眼睛却不停地打量我，就像刚在书堆里发现了一本毒草，目光完全换成了批判性的。这时我彻底地意识到，同章康交往，乃是我活过的岁月里所犯下的最大错误。等我在内心里痛心疾首地发誓要吸取教训时，警察开口了："你不必紧张，我们还是随便聊聊，或许会聊出些有价值的东西。"老馆长也跟着说："是的，我们还是相信你的。只要你配合警察同志，今天我就放你半天假了。"说完，他又讨好地看看警察，补充道："半天不够，明天后天接下去都可以。"

警察说是随便聊聊，其实分明在向我发动攻势，我想他们认为我身上还有油水可榨。可干吗非要上我单位来影响我的声誉呢？你看，我对面办公桌的小邵姑娘，虽说是名牌大学中文系毕业的，可一直挺崇拜我，但她此刻脸上却有一丝幸灾乐祸的暗笑。"咱们到外面去谈可以吗？"我说，警察同意了。

我们群艺馆周围的环境挺不错，楼下就是中心公园，有紫藤树、假山和绿茵茵的草坪，我指的外面就是这儿。下楼梯时，我对警察说："去那儿谈，我的思维可能会活跃些。"

我们尽量做出一副散步的样子。但事实上夹在两位警察同志的中间散步，无疑是很荒唐的，我发现这样已经招致了不少诧异的目光。

"咱们是不是换个思路？说不定章康还是给男人捅的呢！"我估计再也想不出任何女人来了，便这样说。现在我身边的两位警察已从一左一右变成了一前一后，听了我的话，走在前面的老陆就回过头来，看着我的眼睛说："跟你讲明了吧，法医已对章康的伤口做了鉴定，凶手使用的作案工具是剪刀，而且从行刺的力度来看，我们都认为凶手系女性。"

"剪刀？"我又回过头去看了一眼后面的小薛。小薛点了点头，说："所以你再尽可能在女性的范围内找找疑点。"

我们继续往前走着，跨上一座小石桥时，我好像突然想到了什么，停下问道："你们知道章康是在什么地方被捅的？"

警察也随之停了下来，老陆说："这个问题意义不大了，有人发现章康时，他已经昏迷在常宁街的一个墙角落里，可实际上他受伤后还跑了好一段路，至少有三四百公尺吧，他完全是由于失血过多才倒下的。"老陆说完，小薛又跟着说："其实章康流了一路的血，但偏偏那天晚上下大雨，把什么都冲掉了……"本来他们可能还要说下去，但见我瞪大眼睛听得很专注的样子，就都一下子警惕起来，同声问道："你是不是记起了什么？"

"哦，没，没什么。"我说。下了桥，走进一条紫藤缠绕的长廊，我像是若无其事地自语道，"常宁街，如果向南三四百米就是小卵子弄，小卵子弄的中间插进去叫荷花井，荷花井的巷口——"

"我们又不要你画地图，如果向北呢，还有向东向西。"小薛大概听见了我的话，就不满地制止道，"你赶紧让思想集中起来，别胡思乱想的。"我不再吭声。老陆只是轻轻地望了望我，但我已经感觉到他的眼神有些意味深长。

走到长廊的尽头，就说明我们将整个公园走了一遍。最后，他们就站定了再一次问我："你一直没再记起什么？"

"没有，真的，我的脑子已经乱极了。"我说的是实话。

老陆看看手表，对小薛说："咱们走吧。"小薛没有看表，却看看我说："告诉你，你的好朋友章康今天早晨死了。"

警察说走就走，把我独自扔在了公园里。大概这时已接近黄昏了，我抬头望着天边血红的晚霞，眼前却闪出这样一幅画面：暴风雨中，负了伤的章康在拼命地狂奔，狂奔，鲜血从他的腰间汩汩地涌出来，越涌越多，很快就把整个画面都染得通红……可现在章康已经死了。人就是这么空，连章康这样生命力旺盛得大大过剩的人，也如此不堪一击。我记得上个星期六章康还眉飞色舞地对我说："假如一生能有一百个女人的体验也算没白活。"同时他告诉我他已经接近第十三个了。可是他毕竟才完成指标的百分之十多一点，就匆匆忙忙地死了。我想，假若章康在他生命的最后一刻还有知觉的话，真不知道他更多的是后悔，还是遗憾。

不过，真正遗憾的我想不应该是章康，或许倒是彻底结束了章康生命的所谓凶手吧。因为此刻我对章康的死因已经心中有数了，其实也就是刚才，我们步入长廊的那一瞬间，我好像突然来了灵感，眼前一亮就什么都明白了。要不是小薛打断了我的自语，我很可能当时就把所有的想法都告诉警察了，但小薛毕竟打断了我，而且就在他不满的口吻中，我又很快下决心守口如瓶。说心里话，我实在太矛盾了，当然我绝不该对警察隐瞒什么，但我又无论如何不能把捅章康一刀的人同凶手二字联系在一块，章康已经害了许多人，也害了他自己，干吗还要让他再去害人？当然现在，也就是这件事情发生大半年后，我将它作为小说写给读者的时候，把一切全说出来也无所谓了，公安局已经破了案，虽然最终究竟怎样结案的我一直没敢去打听。不过，我肯定那天那个叫老陆的警察是暗暗记下了我的话，而且就照这条线路顺藤摸瓜去侦破的。从此，我只要一想起老陆那意味深长的眼神，就会肃然起敬。同时，我的内心深处又总随之有一丝隐隐的痛楚。

"常宁街，如果向南三四百米就是小卵子弄，小卵子弄的中间插进去叫荷花井，荷花井的巷口——"这话其实是章康说的。那天章康很兴奋的。他说："荷花井的巷口有一家发廊，叫'一剪美'，他妈的头发剪得美不美我倒看不出。可开发廊的姐妹俩确实是一对小美人。你想不到吧？花香不怕巷子深。"章康兴奋得看都不看我，过了好一会儿，他才颇感踌躇地跟我说："老子就是吃不准，到底先攻哪一个好？"

我一直把章康当一个色情狂，他只有与男人在一起才比较正常，而一碰见女人就要犯病。不过我得承认，这小子看女人的眼光的确很习，后来在一个我头发实在太长，而好几家理发店都客满的下午，我还真的不自觉地去了"一剪美"。客观地讲，章康这回对那姐妹俩形象的描述真没有掺水。

现在我已经完全记不起那两个小姑娘具体的模样来了，好像她们长得都很娇小，略瘦一点的大概是姐姐，也可能不是。她俩的面孔也实在太像了。给我印象比较深的是，她们尤为相似的神情举止，那中间透出的一种清纯之气，如今想在这样的场合找到纯粹是奇迹了。那天给我理发的可能是我认为妹妹的那一个，她的手脚很麻利，就像一只麻雀在我身边跳来跳去，偶尔她从镜子里看见我怔怔的眼神，也就浅浅一笑。可惜这个过程很快结束了，结束的时候她才轻轻地吐出三个字："八块钱。"我拿了一张十元的票子递给她，她就到镜子前的小抽屉里翻来翻去找零钱给我，我说声"不用找了"刚要转身，她却还是从衣袋里摸出两枚温热的一元硬币按到我的手心里。与此同时，她的姐姐捏着剪子走到我正面，看了看，便很快修去了我左鬓一根多余的头发。

有一点我是牢牢地记住了，这就是她们姐妹俩的手都很细小，白皙而灵巧。尤其当它们握着剪子活动时，简直不像在修理蓬乱的头发，而是在创作一件工艺品似的。那么，这样的手有可能将尖利的剪刀断然刺进我朋友章康的腰部吗？我无法想象。

小说写到这儿有些进展不下去了，因为"一剪美"发廊留给我的记忆就这么一点。况且我的心情已莫名地烦躁起来。我推开桌上的稿纸，想干脆去外面走走算了。但我的脚步还是受了潜意识的支配，我走到了常宁街，向南，走进小卵子弄，再从小卵子弄的中间插到荷花井，我已经走到"一剪美"发廊的门口了。

发廊里只有一个小伙子在独自吸烟，大概他听见声音了，回转头来。我猜想他是那两姐妹的兄长。他已经拿起围兜和剪子在招呼我坐下，我说："这儿原来的两个小姑娘呢？"

一听这话，他勃然大怒道："不剃头你来做什么！"说完，他就将手中的剪刀往工具堆里扔去，震得哐当直响。

出了巷口，我看到一位老太太正坐在藤椅上晒太阳，便上前问道："你知道那里有家发廊原先的两个小姑娘哪儿去了吗？"

老太太终于听懂了我的意思后，就用浑浊的双眼疑惑地打量着我说："你还敢来剃头，她俩是杀人犯，抓走了。"

冬天的下午，居然还有个小男孩在这么狭窄的巷子里放风筝。可不一会儿，风筝就让一根光秃秃的树枝划破了，小男孩一边抽着线，一边在低低地哭泣了。

这是一个无法挽救的事实。我想。

树下

现在，它似乎告别了一段风流无比的历史，永不返绿了。他记得，那时的它就好比一柄黛绿色的巨伞，每一张叶子都绿得要滴出点什么来……是它吗？是的。他曾经在它那神秘的散发着缕缕凉气的根上躺过整整一个夏季呢。

不会错的，是它。可如今的它却古朴而安详地伫立在安详而古朴的小巷深处。

巷口有一间小小的红房子。

不过才两年，它竟变得面目全非！他将那件羽绒衫的拉链一直拉到领口的地方。其实并没有风。即使鸟儿把翅膀收拢，也还拥有一身丰满的羽毛，而你这柄大伞，又何以只剩下一根光秃秃的伞柄了呢？他想。莫非树比鸟儿更柔软、更容易衰老？

那间红房子倒还在。照样红得炫目。刚才，他用十分复杂的情绪异常简单地打量了一眼这间咖啡屋，就很快走过去了。他的初恋可以说就是发生在那里的。两年前，有一个18岁的中学生竟死死迷恋住了那位35岁的老板娘……漫漫人生中，荒唐的初恋往往就构成了一则最美丽的隐私，正因为难以启齿，你守口如瓶，而瓶内便是你一辈子也喝不尽的酒，又足以供你消磨每一段最寂寞空虚的时光。

他没有将这段隐藏的秘密告诉树。两年后的今天，他希望树能接受他的忏悔。

树的脖颈已经弯曲，褪尽铅华，树皮也斑驳不堪了，像一位饱经沧桑的老者。即使恢复到原先那样，它也和校园里许多绿色的植物截然不同。自从他第一天跨入大学校门时他就这么断定。他读的不是生物系，而《现代汉语词典》只告诉他：树，木本植物的统称。他始终不满意这条过于简单的定义，这怎么能够来解释它呢——那棵从他生命之初就开始伴随他飞跃童年少年的神奇莫测的树。他叫树生，因此他一直怀疑自己与树是一定有某种联系的。他企望在母亲那儿寻到答案，可是母亲说："那不关树的事，因为你父亲的名字里有这样一个字罢了。"

这是一个空寂的正午，孤独的他对着孤独的树。悄然无语。

他于是默默地查寻起树干上那块缺了表皮的地方，那里曾有过给予他一种暗示的偈语般的文字呵——找着了。可当时那湿润的凹处已蒙上了一些铁锈样的东西，仿佛结的一层痂皮。他震惊了：难道，树的伤口也会淌血？而这创伤正是他所亲手制造的呀！

当时，他就用随身带的水果刀连凿带剔，发疯似的摧残着它生命的第一层面。等到它裸露出几道白嫩嫩的刀痕，一种从未有过的快感在他心头油然而生，他顿时觉得自己就像热带丛林中一位勇敢的橡胶工，他所做的一切不是摧残，而是在挖掘它存在的另一种意义……他知道被他铲掉的是这样一行歪歪斜斜的句子：

今天我亲了阿凤的嘴，阿凤的嘴巴好甜好香呀——Z

最后的那个佐罗式的Z字很大，他费了好大劲才把它弄得看不出来。他无法判断这里的Z是谁，但有一点他明白了，阿凤，一定就是那个阿凤咖啡屋的老板娘。

他无法容忍这些让他蒙受奇耻大辱的文字，同时，也更不愿意它还在一棵神圣而庄严的古树上保留下去。

但要是没有它那残酷的提醒呢？要是他最后一次大醉后不是在这树下，而是在别的地方醒过来呢？

树仿佛挺宽容，挺理解这位被青春期的情欲折磨得死去活来的小男人。它张开浓荫的翅膀扇拂着，并抖下蓄了一夜的露珠儿，一滴滴甘泉般地落上他焦裂的嘴唇……

其实，他应该将一切都坦白给树的。

他应该告诉树，那一阵他每天都被一种莫名的冲动驱使着去那间红房子咖啡屋。每天都喝酒，喝得烂醉。而那位老板娘，或者是女店主，每一回都要风骚地盯着他，给他斟酒，最后又浪声大笑着将他扶出门外。他厌恶那双过于勾魂的眼睛，但第二天，他又会像一条饥饿的鱼一样去寻觅那明明挂在鱼钩上的饵食了。他曾在梦中证明，那是只绝对温柔的钩子……他记得就是他最后一次醉倒的地方，她俯身吻了他。但他的感觉是木然的，就像有一团烂棉絮压迫住了自己急促的呼吸。之后就什么也不知道了。再后来，就是在树下用食指狠狠地压迫舌根，呕吐出一大堆脏物，渐渐清醒……

他贪婪地吸吮着那露珠，但什么也没有说。过了一会儿，他掸了掸一身尘土，走了。那一瞬间，他却意外地发现身后的树，辉煌无比。也就是那时，他就决定了总有一天要回来向故乡的树作一次深刻的忏悔。

……树啊，你可安在？

现在，一盘白炽的太阳正冷冷地高悬在空中，泼洒下无数水银般的僵硬刺人的光芒，并带着"叮咚叮咚"的金属敲击声。但他没有温度的感觉，却也无论如何挣脱不了这张晶莹闪烁的网。这时，边上有人指着那树，念经似地重复着："人家都说它死了，可它没有死。"他握手谢过这位提醒他的人，其实那不过是个神情痴呆的中年妇女。于是他就看到了逆光的树，孤独而苍劲地向四周伸展它深褐色的斜影……渐渐地，他对着树的喃喃低语变得嘶嘶战栗，甚至近乎一种哀求——让我挨近你，不要有任何动静，挨近你，我要与你融作一体……人与树总是有许多瓜蔼的，他想。接着，他就记起一首出色的关于树的诗来了。

那首诗印在1988年10月号《诗刊》上，最后几句是这样的——

有人说唯有诗人像在树上一样
攀援在语言中。但树总要倒
生死回合如年轮回旋
我在树下作诗，还是做人？

树与人

树与人
似乎有许多瓜葛

据说夏天
树长作一柄绿伞
有人，便来与树根
躺成一体
一躺就是一个季节

树记不得年轮
人悄然无语
据说只在空寂的正午
默默地交换过一则
美丽的隐私……

秋天。故事完了
人起身掸了掸灰
树冷冷地站着
却辉煌无比

元素的改变，与虚构、冷叙事

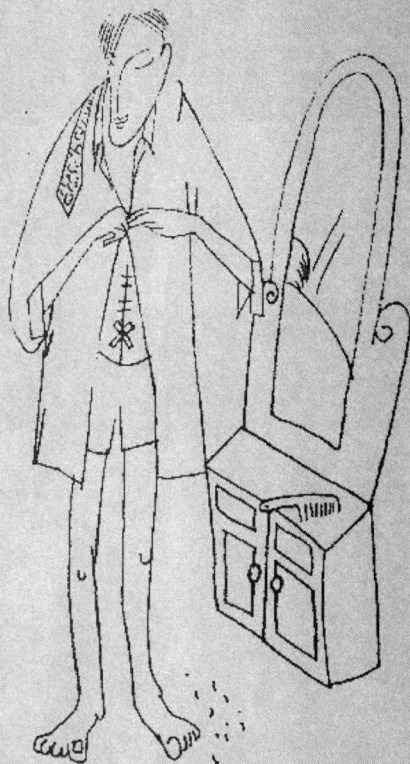

元素的改变，与虚构、冷叙

　　还是许多年以前，还是标准文青的年头，好不容易听到了王蒙一场文学讲座的录音。那时没有光碟，更没有U盘，听的还是盒带，语音有些模糊，但其中一句话我当时感觉非常清晰，而且至今记着，他说："创作就是要改变生活中的某个元素。"

　　当时我好像正处在写作的一个瓶颈期，真实与虚构，想象与故事，结构与情节……这些问题纠缠着我，令我放不开手脚，可王蒙先生的这句话顿时真让我有醍醐灌顶之感，也就是说，写作的素材肯定是来自于生活的，但必须改变其中的某个或某些元素，这样，生活的素材才能成为你写作的素材。或者应该这样说，如此写作才成为创作。那么，构思的过程，自然便是改变生活元素的过程。后来，我在实践中还加上了一个"联系",即改变,或联系生活中的某个元素,是所谓虚构的来源。

《藤溪阁帖考》就是改变了生活中若干个元素的虚构产物。

因为它是中篇,介绍起来要复杂许多,所以读者最好先看了它,再回过来看手记,阅读的沟通就畅了。帖的故事,绑票的故事,木行小木匠的故事,博物馆里的故事,以及"我"与冰子的故事……都是我在生活里听来的,但就像那本帖一样,只是残片,甚至碎片,而且是各自孤立的,可它们又都很有趣,很有意味,以至于我一直想把它们串起来写点东西,却又一直无从下笔,直到有天忽然又记起王蒙先生的那句话,我觉得是可以动手的时机了。

由于我把那许多听来的"碎片"里的一些元素改变了,开笔就颇顺手。譬如说,"我"本来应该是个全知的写作者,但我把"我"改变到了博物馆里,整条线索就结构起来了。再像阿寿原本与颜巩玉是无关的,但当我把他改变成颜的私生子,故事就自然黏结而成了。帖的收购其实只是一个细节,可现在我把帖改变成与颜巩玉和阿寿都存在联系,它就是小说中有机的道具……得意于改变或联系的地方太多了,我只能说,改变就是一种假设,就是最大化地调动写作者的想象,并与自己累积的经验联系上,就是创意写作对普通写作的改造。

E. 奥多巴赫在《论意大利和法国文艺复兴早期短篇小说的技巧》中写道:"从丰富多彩且无穷无尽的感情世界中,选出一件特殊事件,然后以各种可能的设想展开,并使之能为多表现那丰富多彩的无穷无尽的感情世界……"对,这就是创意写作首先必须解决的任务,也是作者必须拥有的技巧之一。

《大鸟》也是改变与联系。生活中,我确实有见过一个打工者模样的中年男子,手里抓了一只虎皮鹦鹉从身边匆匆经过,而他身后正是跟着一个嘴里嚷嚷着"大鸟大鸟"的小女孩——仅此而已，我把这么一个我感觉很有意味的元素改变了，让它与鸿、鸿的父亲、鸿父之死联系起来；而鸿及其父亲也有相关的印记元素，我又让它们改变后与"大鸟"的印记对接上，虚构的过程似乎就在享受创意，自己感觉也就真有些意味了。

　　同时，为了避免由于改变而导致的生硬与人为刻意的痕迹，我尽量尝试以一种"冷叙事"的方式来处理行文，尽管也选择第一人称，但"我"是故事的旁观者、记录者，正如比目鱼在《刻小说的人》书中所言："以一种客观、冷静、不动声色的笔调讲故事，尽量只描述人物的功能、语言，尽量不去直接写人物的内心活动，不直接点明人物的感情状态和行为动机，而是让读者自己通过阅读去感知或揣测人物的内心状态。"《大鸟》如此，《藤溪阁帖考》更试图这样追求，尽管中间还写到了一点情爱，但还是尽量控制着把写作时的情绪或情感控制在零度以下，似乎这对虚构、对写作者人为因素更多的创意而言，显得尤为重要，在思维高度活跃与文字零度冷峻的反差中，让读者以冷静的好奇，与窥视的愉悦参与进来，浸淫其中。

　　小诗《后院》同理，我改变了一幅曾见过的题为"后院"的油画，只不过把原来画面上的一只狗的元素改变掉了，虚构成了诗中一位年轻媳妇，然后联系上画中原有的后院的景象，创意出一个多元的、有故事情节的，又有几分凄美的、诗意的悬念，冷冷地由读者去作各种假设，去自由漫想吧！

写作实验 Ⅸ

藤溪阁帖考

大鸟

后院

藤溪阁帖考

一位白发苍苍的前辈曾在课堂上谆谆告诫过我们：书画本身，才是鉴别主要的、最亲切的根据，否则，那些旁证纵然有可爱之处，却都是带有尖刺的玫瑰……

的确如此。

去年，我刚从大学毕业，分配到这座城市的博物馆，就犯了一次不大不小的错误。

事情起于深冬的一个傍晚。

那天天气好像异常寒冷，馆内已经空无一人，整个一座寺庙式的建筑就显得愈加阴森、寂寥。

我不知被什么案头工作拖迟了，直到看见雕花窗格外已飘起零星的雪花，才清理一下桌上散乱的衣物，准备回住处去。

我刚站起身，门就"吱呀"一声裂了一条缝，同时伸进来一张古怪可怖的老脸。

我吓了一大跳，厉声喝道：你是谁，做什么的？

老脸牢牢地贴在门缝中间，一动不动，简直像一块街头大排档上的意大利馅饼。大概由此开始，我便对馅饼一类的东西彻底丧失了食欲。

老头终于进来了，抖抖瑟瑟地走到我跟前。同志，你们收不收法帖？

我满腹狐疑地看了他一眼。

这老头从外貌上看起码八十开外，但居然不要拄杖。一件蓝布棉大衣是崭新的，可头上那顶罗宋帽却沾满了油渍，肮脏不堪。收购文物本来不是我管的事，但正因为一时没有判断出他的真实身份和年龄，又反倒导致了我的某种好奇。于是我问：你有什么法帖？

老头也不吱声，解开胸前的一粒纽扣，从大衣里掏出一个旧报纸小包来。

报纸包了好几层，我不耐烦地翻到最后，是张约莫一尺多宽，三尺来长的石碑拓片，我有些失望。拓片已破损得厉害，两头也残缺不全，稍稍一动，纸就脆响得像要粉碎似的。

我摇了摇头，示意他包好，带走。

老头仍不动手，近乎哀求似的看着我。收了吧！

我只好拧亮台灯，认真地查看起拓片来。

这是龙飞凤舞的草书长卷之一部分，拓墨颇淡，转折处刻画粗拙，但整体上毕竟有种生动的气韵凸出来。虽然其中的好些字我还一时辨认不出。看着看着，突然有三个字令我眼睛一亮：藤溪阁。记得大学的书法课上，先生曾郑重地提到过它，宋徽宗赵佶在大观年间，广罗天下墨迹并命人刻石藤溪阁，后金人破汴梁，碑石沦落，故很可能有大量拓片散失民间……

我激动起来，急切地问：难道这是藤溪阁帖？你开多少价？

老头还是不吭声，不过浑浊的眼球中泻出了一丝光亮。他伸出嶙峋的左手，张开五指，在我面前扬了扬。

五万？

老头摇摇头。

五千？

老头依然摇头。

五十万？这是残片，开得了这么高吗？我有些恼火了，大声说道。

五百。老头开口了。

落差一大，我又疑心起来。这真是藤溪阁？怎么在你手上的？

老头似乎听不懂我的话，一脸木然地重复道：五百。

我被眼前的情景弄糊涂了。外面的风刮得很响，一阵阵的像狼嗥。

在这样特定的场合，我真有点毛骨悚然，仿佛走进了蒲松龄的聊斋。

我不敢再迟疑，赶紧从身上搜足五百块钱，递给他。活该我上当罢。

老头接了钱，对我说，你会有好报的，就转身走了。

我收好拓片，再透过窗格看去，老头已快走出院门。暮色中，他的背影很矫健，眨眼间便在我的视线内消失了。

我一片怅然。

回到寝室，我又小心翼翼地将拓片摊在桌上，仔细琢磨着。照规定，明天上班我就必须把它交给馆里，否则会落个倒卖文物的罪名，但事情来得如此蹊跷，且不管拓片本身的真伪，其中就肯定藏着一串神秘兮兮的故事，至少也有不同寻常的来历罢。我不甘心这么轻易地交上去。我认为应该由自己来悄悄地进行考证。等到年初馆内召开一年一度的学术例会时，再把论文和这拓片一并公布于世。

我来博物馆工作已快半年了，可馆长老让我打杂。我想一鸣惊人。

主意既定，我就取出放大镜，换上一种很专业的目光来审视它，不能放过任何蛛丝马迹。

果然，在左下角的字距间，有一方褪了色的朱文图章的印记。印章本是极瘦的小篆刻就，再加上压在淡墨底上，黯然模糊。如果不用心，就被忽略了。

这一发现使我十分高兴。我一手举着微型电筒，一手拿了放大镜，反复推敲起印章上的朱文小篆。

后来，我终于看出，那四个字是：颜巩玉印。

关于颜巩玉的一桩奇案

本城城东，有一颜姓大户，颜家的二少爷叫颜巩玉。

颜巩玉幼时，老爷、太太就撒手去了，家中由大少爷做主。等他长到弱冠之年，大少爷也因痨病，命归黄泉。所有家产都归了颜巩玉，之后的日子自然过得优裕太平，除了先后娶过三房太太都不曾替他续后外，就再没有任何不舒心的事。

可是到了五十六岁上，颜巩玉竟然遭着了一桩奇案。他怎么也想不到自己会突然给绑票了去。

那日时值初秋，颜巩玉午睡刚起，几位老友来邀他同去天禧楼茶园品茗听书。

颜巩玉感觉有些犹豫，不想去，便推脱说下午有客。

几人不肯罢休，说，那就待客来了一同去。

颜巩玉知道拗不过，只好随波逐流，去消磨一个下午。

茶园散场出来，已近黄昏。几人便各走各的路回家。颜巩玉想抄近路，捡了一条小巷。边走边哼起今天听的旧书《三国》里《空城计》一折：我正在城楼观山景，但听得城外乱纷纷……

后来的情形，却与三十年后有部叫《红岩》的书中描写叛徒甫志高被捕的一幕非常相似了。

这时天也开始下起蒙蒙细雨，颜巩玉走到东仓桥的桥埠下，顺便拐进一家卤菜铺，切了一斤多熟牛肉，用旧报纸包了揣进怀里，才急急地往家赶。

天愈加暗，模模糊糊地颜巩玉觉得前面有个彪形大汉拦了去路。他顿感不妙，赶紧回头，不料身后也有几条黑影窜上来。

大汉一步上前，粗鲁地扳过颜巩玉捂在胸前的右手，"哗啦"一声，上好的熟牛肉片全部散落在脚下，裹肉的纸都已被抓在大汉手中。

还没等颜巩玉反应过来，一个偌大的纸团已塞入他刚欲呼救的口内。接着，两只胳膊也被人拧住，他只好乖乖地走向那条伸往运河的石级……

对于颜二少的失踪，街坊邻居有各种各样的猜测，大部分也都猜到了绑票。现在人们急于想知道的，无非为什么要绑他，而他又是如何平安回来的。可颜巩玉只是逢人便说，我碰上赤佬了，那伙赤佬三天三夜不让我困觉。

颜巩玉仿佛换了一个人，一扫平日斯斯文文的孤傲之气，胡子拉碴，头发蓬松着，话也变得很多。尤其他说到三天三夜的地方，还总要伸出三根手指，反复比试几下。

人们晓得他受了刺激。

好事者又拿话去泡尚在他身边的三太太。这回二少爷能逢凶化吉，想必放了不少血吧？

女人就强笑着说，托众人的福，全托了众人的福。

其实，这桩奇案的真正底细，当时不要说这位三太太，就连颜巩玉本人也稀里糊涂的。

我考证开头进行得很顺利。

颜巩玉确有其人，本市地方志史料第十三辑上就载有介绍颜氏家族的专文。但所述对象主要是颜巩玉的上辈，他们先后在外埠做过商贾。颜巩玉基本上是一笔带过。不过，文末的一句话却极大地吸引了我的注意力：

……颜巩玉离世前，据说被绑过一票，至于与其死因是否直接关联，则无从查考……

我记住了此文作者的名字，就给地方志办公室挂了个电话。

作者并不在方志办工作，说是一所中学的语文教员。

有了线索，事情就好办。没费多少神，当天下午，我便顺藤摸瓜寻到了他。

这位署名瞿佰的作者，是个模样猥琐的中年男人，但性情挺豪爽。他见了我，显得十分高兴，居然像神交已久的知己似的滔滔不绝地聊起来。

你怎么晓得这许多颜巩玉绑票的事？为何又不把它写到文章里去？我问。

他诡秘地一笑说，民间故事，姑妄听之，岂可随便见诸文字？

我又问，那之后的事情呢，你果真不清楚了？

瞿佰就显得有些遗憾。你知道我是个教书匠，业余爱好读读野史，搜集点趣闻逸事——停了停，他又说，你要是真想寻根刨底，我倒可以领你去认一个人。不过，你的文章写成后，得署咱俩的名字。说完，就定神等着我回话。

当时，我觉得这个瞿佰太精了，便有些反感。起身告辞时，我才留了个余地，说，写成再说吧。

回去后，我立即拿出一本厚厚的记事簿，把方才瞿佰讲的一切，不管添油加醋到什么程度，统统记在了上面。

颜巩玉与绑匪

实际上，颜巩玉还是被绑得很文明的。

那天，颜巩玉给一伙人弄上停泊在码头边带舱的小木船后，船就徐徐向东划动。他望着周围的五张陌生面孔，害怕得要死，浑身上下一阵阵地打寒战。

绑匪们都似乎古怪得很，既没有吹胡子瞪眼睛，也未发出令人毛骨悚然的狂笑，只是轮番着问他一些话，其范围也不外乎有关他的旧事。

颜巩玉好生奇怪。这些绑匪何以对自己如此感兴趣呢？可他来不及多想，问题一个连一个，不敢不回答。

日升日落，不觉已三天。

颜巩玉闷在船舱里，自然弄不清楚外面的时辰，只好似度日如年。

这期间他倒并未受皮肉之苦，偶尔几回他将食指分别塞住两只耳朵，才让那个大汉用脚尖刷了几下。他也不感觉疼痛，神经已经麻木了。

颜二少也终于意识到，人间最大的享受实乃睡觉也。与睡觉相比，吃饭则次要得多。眼看那帮家伙轮流着躺下去入睡，打鼾，他真有种比死还要难捱的反应，哪还吃得进饭？

他只是借送饭的顿数，来努力记一记时日。

约莫到了第四天，天大亮后，有一道光线从舱板的缝隙中透进来。

颜巩玉恍惚觉得船已掉头了，又在朝回划。他大感不妙。其时性命又陡然变得比睡觉更为重要，便惊呼一声。

大汉的脸又随之可怖起来。叫鸟！

你们要送我上哪去？颜巩玉已如临杀的公鸡，在挣扎着作最后的干嚎。

大汉一脸杀气。送你上西天，哈哈！

阴森森的笑声，吓得颜巩玉裤裆湿了一片，再让瑟瑟的秋风一吹，凉冰冰地贴紧了干瘦的大腿，好不难受。

颜巩玉声泪俱下地反复念叨：要人命，要铜钿，你们说吧……作孽呵，还是死了爽快，死了爽快……

要你的命做鸟！转而，大汉低声说道：只要一样东西。

敢问好汉何物？颜巩玉霎时像抓到了根救命稻草，哭嚎戛然而止。

一卷法帖。对方眼露凶光地瞪着他。

法帖？

颜巩玉大为惊诧。这伙向来谋财害命的绑匪竟然会为了一卷法帖？但眼下的处境由不得他多想，身家性命还捏在人家手中。

此帖何名？

藤、溪、阁，不会没有吧？对方一字一顿，还带了声冷笑。

颜巩玉又吃了一惊。同时，很快就与绑匪们先前对那些旧事的追问联系在一块儿，紧张地思索着。他想寻出一点奥妙。

颜巩玉沉吟不语，大汉喝问：到底有没有？

有，有。颜巩玉慌忙应道。

那好，我替你送张便条去府上，让你女人寻了来赎你。

颜巩玉一听，连连摆手。她寻不着，女人家寻不着的，还是先放我回去，改日一定奉上。说完，他惶恐地捕捉着对方的神态，又补了句，君子一言，君子一言哪！

也好，谅他贼胆不曾被狗吃掉，限三日内送到——

这话音是从舱外传进来的。颜巩玉突然觉得耳热，可一时毕竟记不清。他想透过板缝瞄一眼，头刚歪，却让大汉用脚尖拨了过来。

记着，三日内把帖送上船来，你若习滑，下回可没得这般便宜。大汉说完，才把脚尖从颜巩玉的左腮上拿开。

颜巩玉已迫不及待地立起，双手掸掸长袍的前襟，似乎想努力恢复一下往日之斯文。

敢问好汉，船将泊何处？

老地方，东仓桥埠下。

事情并不如我想象得那样简单。

除了瞿佰，就再没有任何线索。我一筹莫展。

于是，还只好在老路上走下去。我认为，瞿佰肯定有所保留的。

这天傍晚的时候，我又找到了瞿佰。

他正蹲在操场边看学生们打篮球，见到我就笑了笑，仿佛已在他的意料之中。

瞿佰问：你如此热衷打听颜巩玉的逸事，到底要派什么用场？

我说，我也不知道为什么，只是感兴趣。

小伙子成心要做文章，那我就帮助你，老实说上次讲合作不过开开玩笑而已，不必有什么顾虑的。瞿佰说着，拉起我往操场西端的一堵残垣前走去。

这可能是座废弃的厕所，乱砖间长满了杂草，并伴有一股尤其难闻的气息。夕阳无力地照射着眼前的景物，我忽然觉得已经走进那个关于帖的故事中去了。

瞿佰推了推鼻梁上的深度眼镜。不过，我所听说的颜巩玉的事情也就这么一点了，下个礼拜天如果你有空，我想陪你去见一个人。

瞿佰又重复了第一次的意思，我便问：这人是谁？

瞿佰沉吟一下，说，你不要问了，这对你不是最重要的。

回家后的颜巩玉

从绑匪那里回来，颜巩玉先睡了整整一天。

本来他是还要连着睡下去的，可让上半夜一个噩梦吓醒后，就无论如何再也睡不着。被绑的情形又一幕幕地浮现在眼前。他不敢恋在床上，赶紧钻出被窝，披衣走向东首的书房。

边上的三太太起先睡得很死。这些天里，她一直六神不安，没有睡过一个囫囵觉。但当她下意识地一摸身边，却又是空的，也吓醒了。仔细听听，书房那边有窸窸窣窣的响声。她很快套上衣裳，摸索着寻去。

昏黄的灯光下，颜巩玉正在一顶积满尘垢的书架前鼓捣着。他把整捆整捆的线装书抽出来，全部摊在地板上，弄得一房间灰蓬蓬的，并散发出一种陈年的霉味。

颜巩玉一会儿弯下腰，一会儿直起身，他的身影如一只偌大的虾在壁上乱晃。

颜巩玉的口中始终喃喃念叨着帖、帖、帖……此刻，帖已是他生命的象征。

三太太站在书房门口，见自己男人如此反常的举止，心里一阵阵发毛，疑心他会发痴。

女人刚要上前，不想脚边的一方端砚被踢翻，一声脆响，背朝房门的颜巩玉双手顿时僵在那里，口内还在念叨的帖字旋即变成了充满绝望的长啸。

颜巩玉不敢回头。稍息，又仰首对着房梁一阵歇斯底里地喊叫：帖，我不就在寻帖吗？约好三天的，时辰未到你们怎么就……啊，不是不报，时辰未到……哈哈哈哈……

最后，颜巩玉的喊叫已化作一串嘶哑而恐怖的狂笑。

第三天傍晚，颜巩玉才终于寻到积满尘垢的藤溪阁帖。

他掸清爽后取纸包了，塞入长衫的左上侧，让手臂夹着抖抖瑟瑟地走出门。

一路上，颜巩玉只觉得那卷拓片异常沉重，老担心它掉下来。他走得很吃力。

最后，颜巩玉明白了，此帖分明同自己的性命有一般的分量嘛，它能不重吗？

星期天一早，我就让床头的闹钟叫醒了。

胡乱吃了几片饼干，我骑上自行车，直奔瞿佰的学校。那天临走时，他告诉我说，他十年前就离了婚，现在独身一人住在学校宿舍里。

瞿佰正站在校门口的那棵法国梧桐树下等我。可惜是冬天，树干上光秃秃的，更衬托出瞿佰的瘦小。

大概他已等了好长时间，一见到我来，就如释重负地上前与我握手。

真抱歉，我来晚了。我说。

没，没，你是准时的。瞿佰低头看了看表，说，你把自行车停到车棚里去，咱俩坐公共汽车。

我有些不解地看了他一眼，怀疑他又在搞什么名堂。

瞿佰说，我不会骑车。

果然，蓝色的通道车开出两站，瞿佰便改变了主意。

他说：其实没有去的必要，这个人不会讲出什么新内容，还不如到前面兰城公园的茶室去泡它半天。说完，他就愣愣地等我做出反应。

我很生气。瞿佰让我不大不小上了回当，而这圈套无疑是他事先就设计好的。

我正要发作，汽车却戛然停在第三站头了。瞿佰已经挤到车门口，我不便在车内大声嚷嚷，只好无奈地跟他下了车。

站头的斜对面就是兰城公园，公园里有个乱哄哄的茶室。瞿佰掏三块钱，泡了两杯碧螺春端出来，和我并排坐在草坪的石凳上。

瞿佰说，我们不谈颜巩玉了好不好？今天算正式交个朋友吧。

我一直克制着没有发作。现在他要这么说，我便没好气地反问道：你说，不为颜巩玉，我会同你坐到一起吗？

瞿佰有些尴尬，那倒是的。

远处，有一个白发老人在打太极拳。瞿佰忽然推了推我说：喏，这老头就是我说要带你找的人，他早年做过绑匪，我的故事全是从他那儿听来的。

我这才看看瞿佰，满意地笑了一下。

码头上的颜巩玉

颜巩玉挟了帖，来到东仓桥埠下的时候，石码头上空无一人。

运河里静悄悄的，颜巩玉便在石级上踱来踱去，装作一副看风景的样子。他的心里却怦怦乱跳，好像怕绑匪会突然出现在眼前，但又更怕他们不来，还唯恐这时撞上熟人。

一直等到太阳完全落到运河中去了，四周依然没有动静。莫非这班贼胚作弄我？不会的，他们费了那么多手脚明明白白要这卷法帖，不得手岂能罢休？

颜巩玉不敢走，眼下已是最后的期限。想到此处，他让河面上的冷风吹起了一身鸡皮疙瘩。

天直暗下来，颜巩玉也站累了，索性一屁股坐在石级上，昏昏沉沉地迷糊了过去。

好久，颜巩玉才听见一阵水响，赶紧睁开眼睛。可周围漆黑的，月光亦被乌云遮去。只听得水声，却什么也看不见，仿佛置身于一个鬼的世界。

颜巩玉胆都快吓破了，憋足好一口气方挺起身，用颤抖的声调大叫一声，好汉——

其实已有船靠岸。船舱内传出闷声闷气的一句：喊什么，帖带来没有？

带了，带来了……从命不如恭敬，不不不，恭敬不如从命……颜巩玉已紧张得语无伦次。

舱里说，别啰唆，放在船头上。

颜巩玉又觉得那声音耳熟，但实在不敢多想，试了好几次才提腿迈开步。他的眼睛已适应了几分黑暗，赶快将纸包往船头一扔，转身就逃。

刚跨上级台阶，背后说等一等，颜巩玉的双腿霎时便僵在那里，同时又湿了裤裆。

黑影已迫不及待从舱内窜出，迅速捧过红纸包，扯去外层的纸，将帖摊了开来。

颜巩玉觉得身后又没有声息，半晌他才偷偷地回头瞥一眼。此时正巧月亮从乌云中钻出来，将船头的一切映得格外显眼。

颜巩玉大惊失色，一脚踏入水中。

瞿佰的故事像所剩无几的牙膏，勉强挤了几回，就再不能变出什么来。

在兰城公园见到的老头，依我看已是老年痴呆症的初期，言语显然不受大脑的控制。多数内容七扯八扯漫无边际，即使好不容易回到颜巩玉身上，也只是不断重复类似于瞿佰所讲的细节……

我对这一条线索彻底丧失了信心。

可是时间不等人了。阳历新年一过，馆里就决定在中旬召开学术年会。说是抢在春节前开掉比较好，拿去年的行政经费全花完，今年好争取多拔些。

这几天，馆内几乎看不到人上班，大概大家都在家里埋头赶论文。但我是无论如何也赶不成了，甚至无从写起。

开会的隔夜，馆长还特地找到我，问：你准备得怎么样了？

可能看我一副焦躁不安的样子，他又失望地摇着头说：年轻人不能老这样混混呀，得出点成果。

我一肚子的不满差点就发泄出来。明明是你不让我接触专业嘛，事到临头却来谈什么成果不成果的。可我还是忍住了。踏上社会以来我已经懂得，凡事都不能由着性子来，即使是学术上的。在尊重事实前，首先还得尊重领导。而更主要的，藤溪阁帖在无形中成了我的精神支柱。

于是，我想了想说：让我做个口头发言吧。

我还是第一次参加这样的会议，早晨起来，心情竟有些庄严。

会场就设在馆内的楠木大厅，会期一天。上午，市里分管文教口子的副书记、副市长，人大和政协的老领导，文化局的正副局长，加上两个大腹便便的企业界人士，一来就占去了大半座位，余下的才是馆内自己的同志。馆长先汇报了一年来的工作，然后领导们就开始逐个逐个地讲话。其情形往往是，越重要的人物越后讲，讲的时间也越长。

中午，全体与会者到附近的一家酒楼去聚餐。吃到一半，馆长就过来招呼我和另一位小年轻，到门口的面包车上搬下好几只大纸箱，再领着我们将纸箱内的一只只轻巧的塑料袋分别送到领导的身边。吃完饭，领导们拎了塑料袋，一起走了。

下午的会似乎才进入正题。资格比较老的同事们开始宣读论文了，读完一个，馆长就微笑着点一点头。

说老实话，会开到这儿，我原先的一腔热情与兴致已消减了百分之八十。如果说上午属于馆长的良苦用心尚可理解的话，那么，眼下那些所谓的论文则太令人失望，无疑是个人的工作总结。而宣读者们的架势，也分明像在争劳模先进什么的。

我有些为昨天口头发言的承诺暗暗后悔了。

而这时馆长的目光已转向我，可能暂时有了个间隙。当然馆长把这个机会给我，说明还是想栽培我的。

我这人最大的毛病就是虚荣心强和忘乎所以，它们绝对是我老出洋相的根子。此刻，两种毛病同时一来，我自然不肯不表现自己，便正经八百地发起言来。

我将有关藤溪阁帖的来历，我得到拓片的经过，以及围绕颜巩玉绑票奇案的零碎逸事统统讲了一遍。

大概我的发言具有故事性，会场上起先鸦雀无声，大家都用惊讶的眼神望着我。

我一激动，把随身带来的那张拓片也狠狠心拿了出来。为了证明事实本身的可靠程度，我已做好上交馆藏的思想准备。

可是我的判断再次失误了。话音刚落，一位戴眼镜的长者马上说道：考古专业是要有科学态度的，如何能道听途说，瞎来腔呢？甚至他连看都没有看拓片一眼，又自负地说：藤溪阁帖近代翻刻本甚多，均无甚文物价值，而真正的宋拓本我倒见过，不过是在北京的故宫博物院……说完，他还干笑了几声。

他一笑，许多人也跟着笑起来，遂成哄堂大笑。

我知道自己的脸已涨得通红，狼狈不堪。

馆长也失望地看着我说：想干这一行，那要下苦功夫，切忌哗众取宠。顿了顿，他还补了句：一张文凭是没有用的，要到实践中去学，尤其多向身边的老同志讨教。

我实在记不清散会时自己是怎样在无数嘲讽与轻蔑的目光下走出大厅的，只觉得面孔滚烫，心口发酸。

忽然，有个剪短发的女孩子从背后追上来，说：哎，你挺有想象力的。她叫冰子，日报跑文化的记者。

我向来对同情的安慰采取抗拒态度。因此，没有睬她。

她笑了一下，又说：我觉得，考古其实也需要丰富的想象力。

这回，我才报以几分感激的眼光。我想我有可能碰上知音了。

失之东隅，收之桑榆。我在一败涂地的学术会上的意外收获，就是认识了冰子。我们不仅成了朋友，而且，在她的帮助下，藤溪阁帖的考证竟有了始料不及的突破。

金大与阿寿

其实颜巩玉被绑票的那几日，颜府街对面一爿金记木行叫阿寿的小伙计也同时失踪了。

但这一点，谁也不曾注意，只有老板金大傍晚坐在店门口独自饮酒时，才会对着快落山的太阳叹一口气说：小赤佬倒是做木行的胚料，啥事要不声不响走呢？

金大老板已经六十出头，一盅酒下肚很快上了脸，又越发感伤起来。兴许我多少有些亏待你，可这是规矩，不吃苦不成器，学生意谁不是这样过来的……

金大一直吃到天黑透，才收起桌椅，关了店门上床睡觉。

可到了后半夜，睡梦中的金大又让一连串敲击排门的声音惊醒。这响声不大，但金大听得清清楚楚，他一面从里间走出来，一面警觉地划亮油灯。谁？

老板，是我，我是阿寿。门外的说话声压得很低。

金大刚拉掉门闩，阿寿就一头闯了进来，灯盏的火苗映出他一副失魂落魄的样子。

阿寿，你跑到哪里去了？怎么连响都不响一声？金大也有些吃惊，头一回拿奇怪的眼睛瞪着小木匠。

阿寿不吭声，抓过木勺去水缸里舀了一勺水，只顾仰头大喝。

夜饭吃了没有？金大问。

阿寿这才用衣襟抹抹嘴，说：吃了。

金大也就不再多话，说声早点睡觉吧，自个儿回里屋去了。

阿寿又喝了一勺水，然后抓着那副小木梯，钻进了低矮的阁楼。

第二天一早，金大刚下床，便觉得屋内有些异样，怎么堂屋也是明晃晃的一片？走出来一看，原来排门全卸下了，阿寿正蹲在门前的街面上开木料。

老板内心有几分得意。这小赤佬还是懂将功补过的，会有出息。但他没有把此话说出口，也没有再朝前走，一屁股坐在墙角的一张红木椅上，捧起了水烟筒。他静静地欣赏着阿寿的行状。

阿寿的脚旁已堆了不少短小的木块，大约是用来箍一只脚盆的。阿寿每扬一次斧子，就劈下一块木头，这些木块大小均匀，似乎稍加刨削即可成形的。金大看得很满意，从后面喝了声：阿寿歇歇吧！

阿寿这才停住手脚。

金大寻了一只篮子，递给阿寿说，今朝吃力了，去买几根油条回来搭搭粥。

阿寿接过篮子点了点头。但他的眼睛却始终迟疑地盯在街面上。

此时天已大亮，只不过太阳被一层薄雾罩着还不曾露面，雾气中的景物显得模糊。

也有些人影在穿来穿去。其中一个瘦长的影子分明在对面的黑漆大门前停住了，好像在叩动门上的两只紫铜环。阿寿足足望了好几分钟，直到看见大门裂了一条缝，那人影一晃便栽了进去，他才回头对老板说：我去买油条啦。

我和冰子成为朋友似乎是理所当然的事，甚至彼此还有点相见恨晚的味道。

但我们的接触并不多，闲时通通电话，看过两场电影并一同吃了夜宵，她也到我的宿舍来过几回。应该说，冰子给予我的激情，乃是她从认识我的那天起，便对我的才华与前程始终抱有深信不疑的态度。

一个女孩能如此高瞻远瞩，太令人感动了。

这时已是阴历的腊月。我想在春节期间带着冰子回一趟老家。

我的老家在苏北的一个小镇上，家里还有姐姐、姐夫、小外甥和母亲。母亲对我不愿分回原籍大为不满，其中主要的原因是不相信儿子能自己找到老婆。我正式来现在这座城市报到前，她说：过年你要是一个人，就不要回来。

现在好了，我已经有了冰子。可对于一同回老家的计划，冰子却在犹豫，她说好像还没到这个份儿上。

不过她嘴上这么说，而实际行动已在做准备了。因为她老把报社分的一些年货统统送到我的宿舍里来，我就喜滋滋地将它们分门别类，弄出一副便于携带的样子。

说实话，这阵子我倒是把藤溪阁帖考证的事丢在了一旁。

直到小年夜的前一天，冰子忽然给我馆里挂了个电话。

我以为她是来商量买长途汽车票的，不想她劈头便问：你难道不想把那帖的考证进行下去啦？

我愣住了。

冰子接着告诉我，她刚从市里的敬老院采访回来，那里有一个人称寿木匠的老头很是古怪，她说凭一种女性的直觉，她不知怎么总感到这老头肯定会同藤溪阁帖的来路有某种关联。

我吃惊地听着她的叙述，一直没有发话。

最后，她说：你到底想不想去看看？老人是很难说今天明天的。

我这才连忙应道：去，去，现在就去。

冰子的直觉果真厉害。当我在冰子的指引下推开敬老院二楼西边最后的一间房门，我一眼就认出坐床的那个，正是一个多月前卖给我拓片的老头。

老头显然认不出我来了，而且比上次见到时变得更加古怪和苍老。

我比画了好半天，最后反复说了几遍帖，五百，五百，帖，他那呆滞的脸上才有一点表情。

他颤颤巍巍地说：好人，你会有好报的。我有些感激地望了冰子一眼，就在床沿上坐下，想设法同老头开始交流。

可他头一歪，身子全部缩进被窝里了。

右床的看上去要健康一些的老头告诉我，一个多月前，他偷偷溜出去过一天一夜，回来神经就不大对头了。

我急忙问：你晓得什么缘由吗？

右床叹了口气，说：好像是他年轻时的一个相好死了，不知他上哪儿凑了五百块钱去送葬，兴许受了刺激吧。说完，又长叹一声，分明有种兔死狐悲的感伤。

被窝里的老头已经在呼噜呼噜地打呼。看来今天只能暂告段落了。

我和冰子走到门口，我忽然又回头问右床的老头：你知道他叫什么名字吗？

右床想了想说：这倒难讲了，要是有人来全叫他阿寿或者寿木匠，有一回我还听见来人喊金阿寿，但他自己却说姓颜……

姓颜？我看见冰子的大眼睛眨了一下。

阿寿

一连几天，阿寿都起得特别早，早饭不吃就开始干活。

十八九岁的小伙子，平时闷不作声，而这几日话更少，几乎成了哑巴。

老板金大断定阿寿有心事，却又不好问，也跟着闷闷地难受。

阿寿来木行已四年有余，对他的性情脾气，金大多少有所了解。但一夜之间仿佛他变了个人，这叫老板实在琢磨不透。

金大再细想想，倒是开春后就见些苗头的。一帮不三不四的人有时来寻阿寿，一去总要深更半夜才回到店里。为此金大发过几回火，甚至还当了那帮人的面骂过阿寿：你将来是要靠手艺吃饭的，再这样厮混下去迟早会成个泼皮！不过，阿寿的活儿倒是越做越地道。每当黄昏前金大看一遍阿寿当天的活计，总满心欢喜。那些家什该圆的圆，该方的方，有棱有角，有板有眼。或许整天跟我这个糟老头子待在一块儿是无趣，年轻人有年轻人的快活嘛。金大也时常这样安慰自己，替阿寿开脱。

这天，太阳还没有落山，金老板就将桌椅搬到门口，放了几碟小菜，两只酒盅，随后拍拍一身大汗的阿寿，说：今天早点歇手，你也来陪我喝两盅。

阿寿就立起来，撩起衣襟揩了揩汗，默默地坐下。

金大先干了一盅酒，指指阿寿面前。阿寿也一口喝了。

金大说：阿寿啊，你觉得在我这里学生意亏不亏？

阿寿说：不亏。

金大又问：这是真话？

阿寿说：真话。

金大仰头灌了一盅酒，夹了一筷菜慢慢说道：阿寿啊，当年你娘舅送你来木行说只要学点手艺，管口饭。可我近来一直想，你究竟也来了快五年，本事也蛮好了，就总觉得有些亏待你——

阿寿仍说：不亏。

金大自顾自干了第三盅酒，又接着说：我是老了，也做不动了，前世又作了孽，没儿没女，你想想这样好不好，如果你答应留在木行，一则呢，我给你算工钱，二则呢，等我死了这爿金记木行你来做老板，明早我就好叫隔壁的薛先生来立个字据……

金大干瘪的嘴唇一动一动，阿寿的眼睛便始终一眨不眨地看着。突然，他愣愣地说道：老板，你让我阁楼上也点一盏油灯，好吗？

金大莫名其妙，翕动的嘴唇张大了半晌，才嗫嚅说道：那自然好，自然好……说着，他便去屋内拿出灯盏。你就用我的吧，其实我也难得点它的。

阿寿接过来，神情才好像活跃了些，连吃了几筷菜。

金大看了眼阿寿，无奈地长叹一口气。

　

我终于放弃了回苏北老家的计划。

为此，冰子显得很高兴。冰子说，做事就要投入，她说她最不喜欢浅尝辄止的男人。

我当然不是那种男人。自从发现这条新的线索，我兴奋的情绪也就没有中断过。可问题是这个被称作寿木匠的老头，实在难以让他爽爽快快地将往昔的经历全吐出来。

每当我一提及他的旧事，老头便总是连连摇头摆手：我早说清楚了，解放初，文化大革命……他甚至怀疑冰子是公安局的便衣。

后来，我不得不换一种办法，用实际行动来进一步证实我的确是个好人。

春节，休假，我天天都往敬老院跑，陪老头瞎聊，替他捶背、洗脚，竟还代替了护理员的许多本职工作。难怪那位一脸雀斑的小姐认为我是学雷锋送温暖的，就把更多的脏活累活留给我去体现人生价值。

不过这一办法倒确实奏效。老人总是喜欢追忆往事的，他一失去警惕，便会不自觉地泄露出我所要了解的东西。当然，他的泄露往往时断时续，或多或少，细节可能错位，情节上也不连贯。这些全得靠我凭记忆，回去后一段段地整理出来。

阿寿与帖

阿寿举灯盏爬上阁楼，就往楼板上一躺。等到下面传来老板的鼾声，他才点亮油灯，跪着，从被褥下翻出了那卷藤溪阁帖。

帖本是石碑拓片，未经装裱成册，已破旧不堪，但阿寿的眼睛里充满一种惊喜的光芒，他的耳边再次响起了娘舅的临终嘱咐。

娘舅得的是痨病，那时还年轻，他说：

阿寿啊，你娘舅要死了，我已经托人介绍你去金记木行学生意，阿寿，你要好好学点本事，娘舅也是十五岁就出去混饭吃的……你莫怪娘舅，也莫怪你娘，咱们家穷了一世，倒霉了一世，这是命……我只是有桩心事未了，你舅公生前是一样东西也没留下来，只有一卷法帖，传了好几代，说它值钱不值钱，说它不值钱也值钱，你舅公当陪嫁给了你娘……可你娘临死前才告诉我帖已卖给别人，但不肯说是卖给谁的。后来我到处打听，打听了整整十五年才晓得在谁的手里，但我已没有本事将它赎回来，阿寿，只有靠你了，你记着，这人就住在金记木行的街对面，颜家二少爷颜巩玉……

这时，阿寿的面孔又绷得紧紧的，他发狠地一张一张掀动着帖。

藤溪阁帖全是草书，好多字阿寿都不识得，他就死命地端详。翻完一遍，阿寿拿碗舀来半碗水，用中指蘸蘸对着那拓片边详边摹在楼板上涂划开来。

一丝古怪的笑浮在青年阿寿的脸上，显得几分可怖。他忽然歇住手，爬到临街的板壁前，借了一条极细的板缝望出去。

街对面的黑漆大门完全掩盖在夜色中，看不见一点轮廓。

这几天，冰子也好像对我特别好。初二天黑时，我送她回家，临分手她忽然踮起双脚，给了我一个热吻。

冰子的吻很短促，但回味深长。顿时我有了种获得新生的感觉。

因为此前我的状态有些不佳。不知是故事里抑郁的调子感染了我，还是近来搞得太疲劳了，反正我的言语举止中渐渐流露出一丝埋怨情绪。

而在冰子眼里，我的埋怨是冲她来的。她说：你还像个小孩子，做事情没有长心。

我晓得这是我的弱点。便不管怎么，我也得在节后上班前，把有关帖的故事画上句号。

阿寿与颜巩玉

颜巩玉第二次从东仓桥埠下回家后，就一病不起，躺在床上已半月有余。

从未吃过的惊吓，门槛上重重的一跤，再加上被蓦然勾起心病，折磨得颜二少爷基本上一直处于昏迷的状态。他偶尔醒了睁开眼睛，就连续不断地怪叫。叫的内容别人也听不懂，好像是在喊帖，帖，但多听听又不像。

颜府内已乱成一锅粥，却谁也没有仙法。他的三太太四处求医，照秘方上的药撮回来，煎了，服了，毫无转机。有位老郎中头一回搭了颜巩玉的脉就说过，救不过来的，二少爷魂已归天。

颜巩玉也觉得自己死了，但他的脑子又异常清醒，只是身上的每个部位全不听使唤，令他十分痛苦。而且，即使在他昏迷的时候，过去的、如今的一幕幕情景也仍在他紧闭着的双目中反复闪回。

现在颜巩玉一切全明白了，明白了之后就变得很安详，甚至木然。只有一个念头不断地刺激着他，可他已无能为力。面如土色、全身瘦得只剩下一把骨头的颜巩玉知道，这个念头才是自己一息尚存的唯一理由。

帖，捧帖的女人，女人雪白的身体……在弥留之际的颜巩玉眼前越来越清晰。有些时候，那女人的面孔会变成一个哇哇哭喊的婴儿。最后，竟还同那晚他在月色下船头看到的，对面金记木行的小伙计阿寿古怪的脸叠在了一块。

报应啊,报应!每当颜巩玉呆滞的目光扫过南窗时,他便顿觉那窗格上爬满了报应二字。

次日早起,颜巩玉忽然睁开眼睛,悄悄将身子移到能斜倚着床杠的位置。这使大家惊恐万分,都疑心是回光返照。不过颜巩玉很平静,痴痴地呆坐着,也不怪叫,一直等到三太太进来,才做了几遍取笔砚的手势。

一张寥寥数字的便条,颜巩玉到午后才写成,然后他伸出右手的食指拼命朝对面的方向指。大家多少明白了他的意思,才由女佣杨妈捏了字条去金记木行。

老板金大正在吸水烟,看完条子。说:尺寸木质都有现成的,你拣就是了。

杨妈说:金老板,这是二少爷的意思,你成全了他吧。

金大听罢便朝门外喊:阿寿,对面的颜家二少爷快了,要定做一口棺材,你量量尺寸去。

阿寿正在给一只浴盆上桐油,回头沉默了好一会儿,才丢下手中的活,拿上曲尺跟杨妈走了。

阿寿一踏进房门,颜巩玉浑浊的眼球中居然放出一缕光来。等杨妈退下后,他又努力从被子里抽出鸡爪般的一只手,开始不着边际地乱舞,口内咿里哇啦念个不停。

阿寿始终木然地站着,但渐渐他握着曲尺的右手心里渗出汗珠,越握越紧,连那整个一根手臂都在抽搐颤抖。

阿寿似乎明白了什么,他想掉头而走,可这一刻,颜巩玉含混不清的语音竟突然变得清晰,至少阿寿是听清了,他分明在说:我——是——你——爹——

颜巩玉还在比画,指指天指指地,再将手指在屋内一旋,最后朝向阿寿。阿寿懂了，那意思是这一切都可以归他阿寿的。

"咔嚓"一声，握在阿寿手中的那柄曲尺折断了。阿寿拿一种复杂的目光盯着奄奄一息的颜巩玉，他发现他不成人样的皱脸上已嵌满泪痕。

片刻，阿寿大声喝道：困好，我是木行来给你量尺寸的，做棺材！

颜巩玉绝望地看了看阿寿，倏然一下缩进被窝，呈一副僵尸状。

事情不太凑巧。年初五，也就是应该上班的前一天，一早我就被激烈的敲门声吵醒了。我本还以为是冰子，开了门才晓得来人是馆里的一位同事。

同事见我睡眼惺忪的样子，就执意不肯进屋，站在门口说：真不好意思打扰你，是馆长刚来了电话，馆长说他这几天吃坏了，在拉肚子，而且又听说你并没有回去，要我赶来通知你去代他值一天班。

这个通知对我无疑是当头一棒，我愣在那里半天不说话。

同事可能心中有数，说声我算通知到了啊，就知趣地转身走了。

我关上房门，心里直窝火，又后悔怎么没当面对同事说：为什么你不能去值？

赶到博物馆，昨天的值夜班的那位脸色已不好看了，其实我连早饭都没来得及吃。

我赶紧办了交接手续，就去给自己倒茶，可暖瓶里的水是凉的。我只好掏出一支烟来，干巴巴地吸着。

一会儿，电话来了，我又以为是冰子的，抓起听筒，却是搞了半天也没弄清是谁的一位领导，说是慰问慰问文化战线上的同志们的。我刚在值班记录上写下这句话，电话铃又响了。

这回果真是冰子，她开口就有种咄咄逼人的味道。我就晓得你会贪懒，偷偷躲到这里来！在电话这头，我都能想象出冰子佯怒时圆脸上的一副滑稽相。

当她听完我的好一番解释后，便说：你这个人总是这样，眼看着快到终点了，却要多绕个弯，好了，那今天我就自己去。

我说：你想去试试也行，不过我得提醒你，寿木匠老当你是便衣警察呢。

颜巩玉与帖

年轻时的颜家二少爷一表人才，好玩，亦善玩，琴棋书画花鸟鱼虫哪一样没玩过？长衫翩翩，风流倜傥。

一个秋日的午后，颜巩玉正独自在西厢房内睡午觉，忽听得天井里一阵大声说话。他心里很不高兴，透过窗格看去，一个年轻女人正在跟杨妈争执着什么。

杨妈说：你快点走吧，我家二少爷不稀罕法帖，他正在困中觉。

年轻女人就带了种哭腔哀求道：你帮忙让二少爷看看吧，这法帖还是值铜钿的，要不是我男人的毛病，我怎么肯拿出来……

颜巩玉听得心烦，本想喝一声让杨妈打发她走，可偏偏这时那女人转过脸来，他便马上改变了主意，朝窗外喊道：杨妈，你让她拿进来给我看看！

杨妈将女人带进厢房，看了眼二少爷，很知趣地退了出去。

颜巩玉接过那卷帖，摊在桌子上翻几下，眼睛便很快移到女人身上。藤溪阁帖，唔，我听说过，不过值不了几个钱的。颜巩玉煞有介事地晃了晃脑袋。

女人长着一张俏丽的瓜子脸，白净得找不出一丝乡下人的土气。此时她正眼巴巴地盯着颜巩玉，包含在一双凤眼里的某种忧郁更是惹人怜爱。

颜巩玉说：不过我还是可以买下来的，你说个价吧。

少爷你看着给吧。女人忧郁的眼神里又迅速闪出了希望的光点。只要够我男人的药钱。

颜巩玉就站起来，取了一串铜板递到她面前，这够了吧？等女人接了铜板，他又嘿嘿一笑，问：你男人得的什么病？

这下，女人的面孔刷地红了，把头往胸前埋了许久才嗫嚅说道：他，他不会生养……

我就料到了，哈哈！颜巩玉突然大笑起来，伸手要去抱女人的头，不料这同时正好触着她饱满的胸脯。女人惊呼一声，想跪下去，腰却已被颜巩玉双手揽住。颜巩玉充满欲火的双目已死死地盯牢她，口中还不停地念叨：你太冤枉，太冤枉了……女人颤抖着挣扎几下，就一头瘫倒在他的怀内。

一年多后，有天颜巩玉正在天井里散步，杨妈忽然喊住他问：二少爷，你还记得那个要你买法帖的女人吗？

颜巩玉愣了愣。杨妈不曾注意，只管说：后来那女人倒真养了个胖小子，可惜夫妻俩命苦，前些天翻船全淹死了，唉，总算留了个种……

种，谁的种？颜巩玉不禁在心里惊叫起来，但终于没说出口。到了夜间，颜巩玉在床上翻来覆去睡不着，他晓得自己造了孽。这一消息使他心惊肉跳了好些时日。

颜巩玉也曾想托杨妈去认一认那孩子，但终究未敢。最后，他寻出那卷藤溪阁帖，本来想把它烧了，可三次点火都没燃着，他便用好几层厚纸包了，塞入书架后面的壁洞。

此帖乃不祥之物，颜巩玉以为，既然欲焚不成，那就将它，以及与它相关的一切统统葬掉罢……

在此，我必须补充交代一个细节，否则读者有可能提出疑问，这就是半个月前，我已经将寝室的钥匙复制一把给冰子，当时她含蓄地一笑，收下了，可实际上却一次也没使用过。

但今天冰子出乎我的意料。当我打开房门，她不仅早就独自在我的寝室里，而且已钻进我那满是烟味的被窝，美滋滋地看书。

离开博物馆的时候，才知道外面天色昏暗，雨雪霏霏。我觉得格外寒冷，于是，就直奔市中心的小吃街，来了碗热辣辣的牛肉拉面。面下肚，身上有了热量，可心头却又蓦然罩上种孤独感。我没有马上回去，就到前面的一家影院去看了一场很蹩脚的港台片。这往往成为我摆脱孤独的方式之一。

我回到寝室其实已是十点多了。看见冰子，我简直惊喜交加。你是天上掉下来的吗？我说着，就忘乎所以地扑过去。

冰子丢下书，用她的一双小手挡住了我。你的手怎么这样凉呀？

外面下雪了。我说，你什么时候来的？同时我已脱去外衣，也往被窝里挤。

冰子说：那你老实地躺好，不许碰我。

冰子的身上有一股类似奶香的气味，令我陶醉。但我还是克制住了。

沉默了一会儿，冰子说：今天老头把什么都告诉我了，你没想到吧？

我说：你是记者，可不能凭想象啊。

当然，冰子说。接着她就开始娓娓讲述起来。

这一夜，我俩都没有睡着。

尾

农历十月二十交小雪的那天清早，阿寿刚从睡梦中醒来，只听见街对面一阵阵大呼小叫的哭声。

阿寿晓得这意味着颜巩玉咽气了。

于是他披衣下了阁楼，卸下几扇排门，在堂屋里静静地坐着。一会儿，杨妈领着几个壮实的男人来了。

阿寿也不言语，抬起胳膊朝后面的院子挥挥。等几人抬了那口前天才上好黑漆的楠木棺材出来，他就默默地垂首跟在后头，跨进了颜家的门坎。

三太太吓得躲在自己的卧房内，一直不敢露面。尸体是由阿寿和另一个男人托进棺材的，颜巩玉的身子明显萎缩了许多，直挺挺地横下来，棺材内仍嫌空落。周围的人七手八脚地往空处塞入一些他生前用过的衣物之类，这样，大家也就发现这棺材的白木内壁有点异样，伸手摸去凹凸不平，再仔细一看，竟全是一行行大大小小的草字——

阿寿居然将藤溪阁帖摹刻在楠木板上了！

众人惶惑地向下望望，谁也未敢做声，又一齐拿眼睛去寻阿寿。

阿寿独立在白幡招拂的灵堂内，对着长几上颜巩玉的木炭画像，鞠了三个躬，随后他的面孔就格外肃然，也如木刻的一般。

当天夜里，一路人走过金记木行时，发觉阁楼的窗口正映出一串串的火苗，便大呼着敲了木行的排门。

等老板金大惊醒后摸黑爬上阁楼，阿寿已不知去向。其实阁楼上也未真正起火，只是那只黄铜脸盆内有一些刚刚焚烧的纸灰。金大就拼命在纸灰里掏，最后才摸出一块巴掌大的未曾燃尽的残片。

在惨淡的月光下，金大终于看出，阿寿烧的是几张法帖。

事情至此，我才真正恍然，自己犯了一个根本性的错误。我所做的一切，早已游离了藤溪阁帖残片之真伪的核心问题，反倒让考证过程中诸多旁生枝节的民间传闻所牵绕，迷惑。

但我还是将这一切写了出来。

一个礼拜后，我就郑重地把两万字的《藤溪阁帖考》交给馆长。馆长看了开头的文字，显得很高兴，说：看来你这方面还是有前途的。谁知当天下班前，馆长就找到我，他的目光里充满着朽木不可雕的失望与仿佛被愚弄后的愠怒：这哪是论文，你索性去写小说算了！

晚上，我把馆长的话告诉了冰子。冰子说：那有什么？你就当它小说，寄到文学杂志去。

说实在的，我真的要感激冰子，当然还包括馆长。半年后，《藤溪阁帖考》发表了，并且我已经离开博物馆，成了一名自由撰稿人。

大鸟

后来，鸿就意识到父亲的死必然与那大鸟有关。

大鸟其实是小鸟，两只极普通的虎皮鹦鹉。一天，鸿的父亲将它们装在笼子里带回家后，隔壁有个三四岁的小女孩就跑过来看了半天，直嚷嚷，大鸟。

鸿的父亲当时还很健康，弯下腰去抚摸着小女孩的头，纠正道，是小鸟。

小女孩却很固执，依然坚持说：不，是大鸟，是大鸟嘛。

好好，是大鸟。鸿的父亲又呵呵笑着，连声附和道，好，我们就叫它大鸟。

鸿下班回家，听得房内有叽叽喳喳的声音，便问：爸，您弄了小鸟回来？

鸿的父亲十分严肃地说：不，是大鸟。

大鸟？鸿有些诧异，先跑到房门口朝里窥探，然后又转过头去看父亲。现在想来，那天父亲的脸确是非常古怪的。

两只鸟亦很有趣，一黄一绿，天天在笼内嬉戏叫闹。鸿的父亲就每天一早带了它们去公园消遣，约莫到九点多钟才返回。每天的这个时候，隔壁的小女孩便来痴痴地看，直至吃午饭了才被大人叫去。有一天，小女孩还赖着不肯走，鸿忍不住说道：小鸟这么好看呀？

小女孩望了望鸿，居然脸一板说：这不是小鸟，是大鸟，不信你去问问你爸爸！鸿觉得就是从这时起，这个荒谬的命题开始纠缠自己了，虽纠缠得不厉害，但也无论如何抹不掉。吃晚饭的时候，鸿问父亲，父亲先是说你不懂，尔后又说或许你有了孩子就懂了……

可也就是那天以后，隔壁的小女孩再也没有来看过鸟。鸿的父亲提了鸟笼走过她家门前时，还有意识放慢步子，咳嗽几声，小女孩也只是跑出来盯着看一会儿，并不跟上。鸿的父亲就不再把鸟笼锁于房内，而每天搁在邻居小女孩家的半墙上过夜。鸿反对父亲那么做，当然他主要是担心年过半百的父亲每次都要踩了长凳才能够上半墙的高度。

不过，这情形很快结束了，事情似乎有些离奇。那天早晨，鸿的父亲首先发现笼内的鸟少了一只，黄的，而鸟笼却完好无损。鸿的父亲叫醒了鸿，鸿一副无措的模样。但鸿已发觉父亲的脸变得异常阴沉。之后，他一直等到父亲照例提了鸟笼往公园的方向走去，才放心去上班。鸿不知道，父亲到了公园里便打开鸟笼，让那一只绿的也飞了，然后将空笼挂在一枝树梢上，步履缓慢地回了家。

第二天，鸿的父亲胸闷、发烧，一病不起。很快，他又拒绝进药进食，而进入了弥留之际。鸿连一点思想准备也没有，也紧张得来不及去思想，他只是希望父亲临终前能留下什么话。

这时已转入冬季了。在一个雨雪霏霏的深夜，鸿的父亲突然掀开被子，倚着床头坐了起来，但他终于无法说话，便由鸿拿了纸和笔递上。鸿的父亲用颤抖的手在纸上勾画许久，又交还鸿。就在鸿凑近灯光，反复琢磨那纸上的意思时，鸿的父亲悄悄合上眼睛，停止了呼吸，安详似酣睡一般。鸿惊呼着扑过去，只感觉父亲的一双手，冰凉如水。

许多日子过去以后，鸿才看出来，那纸上长短横斜的墨线分明该组合成一个鸟字，鸟字的左右分别有大与小的痕迹，小字好像已被圈去，而大字下边则未写完，又像是问号……

当天夜里，鸿做了一个梦，梦见在一片碧绿的草原上，父亲手里托着一只巨大的玄鸟向自己走来。大鸟！鸿大呼一声。转眼那大鸟竟又变作了无数的小鸟，五颜六色的，纷纷从父亲的掌间向四面八方飞翔而去。父亲充满神秘感地笑着，那神情恍若一位魔术师……梦惊醒后，鸿再也不能安睡，他披衣起床去翻父亲的遗物。

鸿意外地从书橱顶上，也就是曾经放置过鸟笼的地方寻着一叠黄色的毛边纸，每一张上面父亲全用毛笔写了"大鸟"两字。鸿顿时悟到了什么，便披了那叠纸，推门而出。在一个极僻静的角落里，鸿划了一根火柴，开始将那纸一张张焚化起来。此刻，风十分的大，鸿看见无数带着火星的纸灰被风裹了直窜上夜空，并一概呈飞鸟状。

鸿惊喜不已，耳边有一个声音在低低地却反复不断地读着：人类通常把灵魂看作随时可以飞去的小鸟……

后院

老屋的后院
多半是个只长青苔
和家族隐私的地方
老屋人从不肯开放后院
并守口如瓶

月夜
年轻媳妇走上后院的石阶
临河伫立
沉默许久
她说，屋前的那口井枯死了

图书在版编目（CIP）数据

想入非非：脑洞大开的9个创意写作实验 / 钱莊著.
—杭州：浙江大学出版社，2016.8
ISBN 978-7-308-16038-4

Ⅰ.①想… Ⅱ.①钱… Ⅲ.①文学创作方法 ②短篇
小说-小说集-中国-当代 ③诗集-中国-当代 ④散文集-
中国-当代 Ⅳ.①I04 ②I217.2

中国版本图书馆 CIP 数据核字（2016）第 151529号

想入非非：脑洞大开的9个创意写作实验

钱　莊　著

责任编辑	谢　焕	
责任校对	杨利军	
封面设计	熊猫布克	
出版发行	浙江大学出版社	
	（杭州市天目山路 148 号　邮政编码 310007）	
	（网址：http://www.zjupress.com）	
排　　版	浙江时代出版服务有限公司	
印　　刷	杭州钱江彩色印务有限公司	
开　　本	710mm×1000mm　1/16	
印　　张	14.75	
字　　数	190千	
版 印 次	2016年8月第1版　2016年8月第1次印刷	
书　　号	ISBN 978-7-308-16038-4	
定　　价	32.00元	